세븐 메이지 1

권경목 판타지 장편 소설

초판 1쇄 찍은 날 § 2006년 11월 30일
초판 1쇄 펴낸 날 § 2006년 12월 8일

지은이 § 권경목
펴낸이 § 서경석

편집장 § 문혜영
편집책임 § 문정흠
편집 § 최하나

펴낸곳 § 도서출판 청어람
등록번호 § 제1081-1-89호
등록일자 § 1999. 5. 31
어람번호 § 제1-0769호

주소 § 경기도 부천시 원미구 심곡1동 350-1 남성B/D 3F (우) 420-011
전화 § 032-656-4452 팩스 § 032-656-4453
http://www.chungeoram.com
E-mail § eoram99@chollian.net

ISBN 89-251-0427-X 04810
ISBN 89-251-0426-1 (세트)

7 세븐 메이지

마력 상실 1

MAGE

권경목 판타지 장편 소설　　　Fantasy Frontier Spirit

청어람

CONTENTS

세븐 메이지.

처녀작이자 기사물인 나이트 골렘에 이어 제 두 번째 작품입니다.

이번엔 유사 세계의 마법사라 불리는 메이지들에 관한 이야기이고, 전형적인 성장물입니다.

마법사, 이 글에서는 메이지로 통일합니다.

판타지 장르에서 빠져서는 안 되는 직업군이고, 깊은 통념대로 현실성과는 거리가 멀죠.

그러나 제 이야기에서는 표현하고자 하는 마법사들은 만사불통에 전지전능형이 아닙니다.

현실성은 없어도 개연성은 있어야 한다고 보고, 고도로 분화된 전문 직업인으로 표현했습니다.

구체적으로 우리가 사는 현실의 의사, 약사, 이공계 학자, 직업 군인 등과 대별되는 '초자연력을 다루는 전문 직업인'입니다.

강인한 정신력과 체력에 고도의 무예까지 겸비한 강한 초인들이죠.

판타지 파티물의 새로운 개념작이 되었으면 하는 바람이지만, 능력도 안 되고 비현실성에 그럴듯한 현실감을 불어넣는 것도 버거운 게 사실입니다.

누가 정의한 것인지 모르는 익숙한 용어를 따를 것인가, 이상한 외래어로 생소한 개념을 만들어 버릴까 고민했지만, 독자들이 '이게 뭐지?' 라는 의문이 안 드는 선에서 용어를 사용키로 제 자신과 타협을 보았습니다.

판타지 장르도 무협 장르와 같이 내공, 외공 같은 용어의 정형이 구축된 것 같습니다.

그러나 혹시, 간혹 낯선 단어가 튀어나오면 그러려니 하십시오.

재미있는 이야기는 사실과 거짓이 절묘한 조화를 이루는 것이라 생각합니다.

있을 법한 사건이 제 이야기의 중심입니다.

그래서 제 이야기에는 언제나 선과 악의 대립이나 천계와 마계가 등장하지 않습니다.

오해, 갈등, 대립, 이해, 화해는 있지만 작은 인간관계에만 한정시킵니다.

오직 사건이 있고 그 사건을 자신에게 끌어당기려는 인간들이 있을 뿐입니다.

우리가 현실에서 여러 가지 사건을 접하고 그것을 어떻게 해결하느냐에 우리는 선인이 되고 악인이 되기도 하기에 가능한 이야기라 봅니다.

한 미숙한 인간이 여러 사건을 거쳐 성장하며, 악에 물드는 과정을 그리려 합니다.

그래서 제 이야기 속 사건에 독자 분들이 푹 빠져들어 선인도 되고 악인도 되어보기를 바랍니다.

그럼, 사건을 즐기십시오.

장르 발전에 노고를 아끼지 않는 모든 분들에게 경의를.

졸필을 다듬느라 고생하신 청어람 관계자 여러분들에게
건강과 행운이 함께하기를.
　독자 여러분 가정에 평화가 충만키를.

　　　　　　　　　　　　이야기꾼 권경목 올림.

들어가기 전에

1. 이야기속 세계는 마법이 과학의 눈을 가린 세계입니다. 적당히 암울하지만 중세적이지는 않은 곳입니다.

2. 도량형은 독자들에게 익숙한 현대적 단위로 통일합니다. 새로운 단위의 소개는 쓰고 읽는 양자 모두 피곤하기에…….

3. 돈, 민감한 문제!
이 세계는 10그램 무게의 주화를 사용합니다.
주화로 사용되는 금속은 브론즈, 실버, 골드, 플레티늄(백금), 미스릴 순.
1,000브론즈가 1실버.
10실버가 1골드.
10골드가 1플레티늄.
10플레티늄이 1미스릴.
브론즈, 실버는 일반 서민들의 사용 통화로, 골드는 상인, 귀족들의 규모 이상의 상거래 시 결재 수단으로 이용한다.
플레티늄(백금)은 기념 주화적 성격이 강하고 미스릴 아래의 마력 전도체로 '메이지들의 돈'으로 통한다. 우리의 현실 세계에도 전기 자동차의 등장으로 백금 촉매의 역할이 커지는 추세라 이곳에서도 가치있는 금속으로 등장시켰다.

　미스릴은 말할 것도 없이 마법 금속으로 귀물 취급받는다.

　돈의 가치는 이야기 중간중간, 고용 기준으로 판단하기로.

　예를 들어, 한 달에 5실버로 한 명의 하급 용병을 고용할 수 있다는 식이다.

　참고로 농장의 목부나 목동의 급료는 2~3실버다.

프롤로그

뎅뎅뎅~

오늘의 행사를 알리는 마을의 종이 요란을 떨었다.

마을로 향하는 소로를 따라 한 조손이 걸어가고 있다.

할아버지로 추정되는 노신사는 끝이 가늘어지는 지팡이와 남색의 망토형 양모 코트를.

8살가량의 아이는 체구보다 큰 남색 코트와 눈이 확 들어오는 붉은 구두를 신었다.

시골길에 어울리지 않는 정장 차림.

아이의 작은 손을 쥔 할아버지의 손에 갑자기 힘이 들어갔다.

"다미?"

"예, 할아버지."

"커서 뭐가 되고 싶다고?"

"할아버지처럼……."

"할아버지처럼?"

"이 마을 최고의 양치기!!"

"안 돼!!"

"왜요?"

"이 마을 최고의 양치기는 이 할아버지니까."

"에? 그럼, 할아버지 다음!!"

"누구 다음은 신대륙 싸나이가 추구할 길이 아냐!"

"싸나이?"

"싸나이! 남자 중의 남자."

"그럼?"

"지금 가는 곳에 남자 중의 남자가 되는 길을 가르쳐 줄 분들이 계시다. 그들이 진정한 싸나이다."

"정말?"

"그래, 다미는 우리 가문과 할아버지와 어머니를 위해 싸나이가 되는 거야!"

"어머니를 위해?"

"그래!"

"지금 마을에 싸나이들이 와 있는 거야?"

"암, 너를 기다리고 있다. 신대륙 사나이 중 사나이인 워 메이지가."

"어, 워 메이지?"

"그래, 많고 많은 메이지 중 우리 자유인의 수호자를 워 메이지라 하지."

"와~ 워 메이지는 나도 알아!"

"알아?"

"그럼, 신대륙의 수호자 노래도 있어! 피를 흘려도 눈물은 흘리지 않아~ 그는 바로 워 메이지."

"맞아, 바로 그 워 메이지다."

"하하. 다미는 이제 싸나이 워 메이지가 되는 거야?"

"그렇다! 분명 다미는 워 메이지가 될 거야. 이 할아버지가 장담하지."

"좋아. 그럼 난 워 메이지 중 최고가 되겠어."

"약속!!"

"약속!"

"하늘에 침 뱉고, 땅에 발차고, 맹세!!"

"하늘에 침 뱉고, 땅에 발차고, 맹세!"

"퉤!!"

"테!"

신대륙.

이름도 없는 소로에서 한 아이가 워 메이지가 되겠다고 맹세했다.

최고의 워 메이지가.

Chapter 1
해부실

해부실

"그래, 다미안이라는 그 아이는 어떤가?"

"6기 중 30퍼센트 안에는 꼭 있습니다."

"응? 고작, 30퍼센트?"

"하하, 다른 분야에서도 다재다능한 편입니다."

"그 말은 한눈을 판다는 것인데?"

"꼭 그렇지도 않습니다. 어려도 축성술 쪽으로 관심이 많고, 동물을 다루는 데는 천부적입니다."

"흠, 축성술과 동물이라… 엄밀히 따지면 잡기는 아니로군."

"그렇습니다. 이제 고작 10살입니다. 너무 두각을 보여도 좋은 건 아닙니다."

"그런가? 마나홀을?"

"6기 중 다섯 손가락 안에 꼭 듭니다. 엄밀히 따지면 일등
입니다."

"좋아! 그래야지. 그래야 우리가 발탁한 마나의 적자(嫡子)
지."

"예. 기기에 대한 적응도는 단연 발군입니다. 마치 그 아이
를 위해 만들어진 건 아닌가 하는 생각이 들 정도입니다."

"허허, 제일 기쁜 이야기로군. 통쾌한 소식이야. 좋아, 심
성은 어떤가?"

"그리 모나지도, 유하지도 않습니다. 이제 슬슬 경쟁에 눈
을 뜨는 중이니 지켜보아야지요."

"근데, 선배들에게 대들었다며?"

"아! 그 일요? 늘 귀족스러운 분위기가 발단이지요. 시골
출신이라고 놀리던 선배에게 '하수구 쥐새끼'라고 받아친 게
싸움으로 번졌습니다. 체술이 딸려서 많이 맞았지만, 결국 코
피가 터진 건 '그' 쥐새끼입니다."

"헛헛헛, 싸움을 아는군. 체술을 배운 5년차 선배를 3년차
꼬맹이가 코피를 터뜨려? 그놈, 깜냥이 됐어!!"

"근데……."

"근데?"

"오늘 사건이 터졌습니다."

"오호, 오늘? 무슨?"

"예, 다미안이 식사 시간에 그 쥐새끼를 식판으로 내려쳤습니다. 분이 안 풀렸던 모양입니다."

"뭐? 식판으로 깠어? 카카카. 그 성질, 사랑스럽네!"

"저도 솔직히… 공공장소의 싸움이라 징벌 결정이 내려졌습니다."

"징벌?"

"기기에서 보름간 근신입니다."

"풋! 기기에서 징벌? 담에겐 징벌 같지도 않겠군."

"다미안이 알고 저지른 도발인 것 같습니다."

"오호, 자기야 손해 볼 것 없지. 기기를 고향같이 여긴다는 녀석이니… 어린것이 머리 좀 썼네. 다 계산하고 싸웠군. 하하하."

"그 때문인지 메이지 타워에서 파견나온 교수들이 아이에 대해 집요한 관심을 보입니다."

"흥, 눈은 있어가지고. 웃기지 말라 그래! 공들여 잡은 트롤 피만 챙기겠다? 꿈도 야무지군."

"허허, 그래도 견제를……."

"견제는 무슨, 아이에게 이 마법 배낭을 생일에 맞추어 선물하도록."

"헛, 이건? 귀한 아티펙트인데 어린 나이에 과한 선물입니다."

"내가 이 나이에 이고 다닐 일도 없고, 이 정도 관심을 보여야 견제다운 견제지."

"그렇군요. 가방의 마법병단 마크! 아이가 진정 좋아할 것입니다."

"허허, 목말을 태워준 지가 엊그제 같은데 코피를 터뜨리고 다닐 정도가 되었으니……."

"한번 터지면, 끝을 본답니다."

"허허, 무릇! 워 메이지가 되려면 '까는 성깔' 은 기본에 깔아야지. 잘 지켜보게! 나이가 드니 낙이라곤 꼬물꼬물한 애들뿐이야."

"알겠습니다. 하하."

*　　　*　　　*

서늘한 장방형 석실.

어눌한 마법등이 실내의 전경을 은은히 비쳐 주고 있다.

가늘게 어두워 대략적인 윤곽만 보였다.

희미한 어둠 속에서 작은 윤곽들이 좌우로 분주히 움직였다.

윤곽들은 작게 소곤거리며 서로 떠밀고 밀치며 석실 넓게 자리를 잡아 나갔다.

"밀지 마!"

"네 조는 저기잖아."

"아냐, 네 조가 저기잖아!"

윤곽들의 음성이 높아졌다.

팟.

마법등이 하나 더 켜지며 윤곽들이 좀 더 뚜렷해졌다.

작은 윤곽들이 찾는 주변의 사물들이 다소 선명해졌다.

주위가 선명해지자 윤곽들은 입을 다물었다.

그리곤 빠르게 맡은바 자리로 움직였다.

10살가량의 아이들이 직사각형의 석판들 사이로 옹기종기 모였다.

아이들은 조명이 하나 더 들어오자 안도해하는 표정이다.

진즉에 밝혀야 될 조명을 이제야 하나 더 밝힌 것이다.

이런 일은 한두 번 당한 일이 아니다.

석실의 마법등을 통제하는 조교나 선배들은 심통이 대단했다.

무엇이든지 선선히 제공하지 않았다.

아쉬울 만하면 조금씩조금씩 베풀며 나름의 우위를 각인시키려 했다.

'너희들이 아무리 선택받고 똑똑한 존재라도 우리가 없으면 너희는 아무것도 못해!' 라는 식.

열등감의 텃세.

아이들에게는 이런 선배들이 존경은커녕 '무능덩어리'로
보일 뿐이다.

　석실 뒤편에 이십대 초반과 후반의 청년 몇이 거만한 미소
를 띠면서 마법등을 통제하고 있다.

　큰 권력이라도 잡은 듯, 큰 키로 아이들을 내려다보았다.

　그런 그들을 보며 아이들은 생각했다.

　열등감덩어리들!

　팟.

　이번엔 석판들을 강하게 내리 비추는 조명이 커졌다.

　석판만 부각시키는 조명, 주변과 음영 차가 뚜렷했다.

　오직 실내에는 석판만이 있는 듯했다.

　석판은 반 뼘 깊이로 반듯하게 파여 있다.

　석판의 한쪽 구석에는 작은 구멍이 뚫여 있고, 바닥에 놓여
진 빈 나무 물동이와 연결되어 있었다.

　걸쭉한 무언가가 모아지고 받아지는 곳.

　홈이 패여진 석판, 이런 시설을 해부조(解剖俎)라 부른다.

　그리고 조명에 강조된 석판 위를 보라.

　걸쭉한 무언가를 뱉어낼 대상이 있다.

　아이들 키만 한 녹색의 무언가가 잠든 듯 누워 있다.

　"……!"

　아이들은 침을 꿀떡 삼켰다.

　'벌써부터 니글거리는구나. 제발 나에게 해부칼이 쥐어지

지 않았으면…….'

오늘 아이들은 녹색의 무언가를 세로로 갈라내고, 그 속에 든 내용물을 꺼내야 한다. 그리고 내용물의 명칭이 적힌 용기에 정확히 담아내는 게 오늘 과제다.

오직 아이들의 힘만으로 해결해야 하는 과제.

아직 어리다고 거부할 수 없는 일.

아이들은 해야 했다.

군사 아카데미 생도이기에…….

늘 보아만 오다 이제는 실제로 직접 갈라보고 내용물을 만져도 보아야 하는 것이다.

막상 해부 대상이 개구리, 쥐에서 너무도 커져 버려 다들 질린 표정의 아이들.

'짜식들, 뭐? 마나의 적자(嫡子)? 띄워주는 소리에 우쭐해서는……. 그 나이에 그런 소리 안 들은 메이지가 어디 있어? 나도 들었다! 꼬맹이들이 까져 가지고는…….'

그 표정들을 열등감덩어리들은 즐겼다.

그리고 더욱 질리게 만들어주기로 모종의 준비도 마련했다.

"시작! 주어진 시간은 단 두 시간! 실패하는 조는 조원 전체가 과락이다. 실·시!"

아이들은 해부학 실습실 조교의 명령에 움찔했다.

엄포 따위가 문제가 아니다.

다들 엄두가 안 났다.

그래도 하기는 해야 하는데…….

몇몇 아이들이 움직이기 시작했다.

우선 아이들은 자신들이 속한 조별 과제부터 확인했다.

어떤 조는 심장, 어떤 조는 위, 어떤 조는 폐 등 조별로 모두 달랐다. 난이도 때문인지 아이들의 표정도 제각각이다.

하지만 열등감덩어리들은 오직 한 조를 유심히 살폈다.

D조.

조별 과제 중 난이도가 제일 높은 조.

뇌를 온전한 형태로 끄집어내야 하는 과제가 주어진 조.

아이들 힘으로 단단한 두개골을 가르고 뇌를 끄집어내어야 할 터.

최고의 난이도를 떠나서 바로 이 거만덩어리들을 혼내줄 함정을 감추어둔 조다.

역시나 D조 아이들 표정이 헬쓱해졌다.

반대로 해부실은 난감한 아이들의 움직임으로 서서히 부산스러워졌다.

이 아이들, 열등감덩어리에게는 '거만덩어리'로 불리었다.

거만덩어리!

그들의 후배라면 후배.

하지만 그들과 달라도 너무 달랐다.

발탁 과정도 특출했고, 훈육 과정은 더욱 차별적이었다.

메이지 사회에서 하늘 같은 대메이지들이 이들을 직접, 그리고 세심히 살폈다.

국가가 키우는 신귀족 예비군!!

'마나 풀'이라는 특정 기기에 적응한 아이들.

기기 덕에 이미 10살도 되기 전에 마나홀이 자리 잡았으며, 더러는 써클을 만들기 시작했다.

현재 마법 연성없이 마나홀의 크기를 키우는 데 주력 중이다.

마나홀의 크기만큼은 여기 열등감덩어리들을 능가한 지 이미 오래.

D조의 아이들이 우물쭈물하고 있다.

다른 조와 다를 바 없는 반응.

음모를 공모한 열등감덩어리들이 비릿한 미소를 나누었다.

'흥, 마나의 적자께서 얼마나 간이 큰지 지켜보지. 후후.'

벌써부터 반응이 왔다.

아이 중 하나가 손을 들었다.

"D조, 무슨 일인가?"

"해부물이 이상합니다."

"뭐가?"

열등감덩어리들은 웃음을 억지로 참으며 동시에 물었다.

"온몸에 문신이, 아니, 절반만 해괴한 문양이 새겨져 있습니다."

"문신? 문양?"

"예."

"흥! 그림이 있든 없든 오크는 오크일 뿐이다."

"그치만······."

"똑같은 과제물! 해부하는 데 겉가죽이 무에 문제야!"

"······!"

"하참, 소는 누렇든 얼룩이든 상관하지 않고 고기를 먹지 않느냐? 더 이상 이야기하면 조원 전원 감점이다. 실시!"

"실시!!"

마지못해 생도식 복창으로 답하는 아이들.

D조의 아이들은 고압적 분위기에 대답은 했지만 좀체 손이 안 갔다.

그러는 사이,

서걱, 슥싹.

다른 조에서는 해부물을 가르는 소리가 났다.

으~ 하는 혐오감 넘치는 신음도.

여튼, 긴장된 실내라 해부물로 제공된 오크의 가죽과 살을 바르는 소리가 더욱 크게 들렸다.

칼잡이! 킬잡이들!!

어느 조(組)든 '칼잡이' 라 불리는 대담한 아이들이 있다.

이들은 늘 다른 소심한 아이들을 대신해 비릿한 일을 도맡아 나섰다.

용감한 이들이 해부물로 제공된 어린 오크의 배를 가르고 목표물을 찾아 갈라진 뱃속을 헤집을 것이다.

D조도 칼잡이, 칼잡이를 찾아야 했다.

D조 조원 전원이 한 아이에게 시선을 모았다.

모두의 애절한 눈빛 공격.

조원 중 제일 대담한 아이.

그리고 '마나의 적자' 라는 최고의 찬사를 받은 아이이기도 한,

D조의 칼잡이라면 칼잡이.

당연히 시골 농장 출신.

조원 중 개구리, 뱀 등을 맨손으로 잡아본 경험이 있는 유일한 존재.

하지만 중소 지주 출신 이라 대부분이 도시 빈민 출신인 다른 생도들보다 키가 크고 곱상하다.

아니, 또 다른 무언가가 아이에게 보인다.

이미 출신 별로 대별되는 귀함과 비천함은 이미 사라지고 없다. 하지만 유독 한 번 더 눈이 가는 고아함.

청빛이 은은히 감도는 검은 머리.

서늘한 검은 눈에서 넘치는 총기.

크지도 작지도 않은 곧은 코.

여유를 담아 잔잔한 미소를 띤 입술.

약간 치켜뜬 턱.

간혹 피식거리는 오만함까지. 모든 게 아이와 잘 어울렸다.

괜히 '마나의 적자(嫡子)' 소리가 붙은 게 아니다.

바로 이 아이에게 한 아이가 소곤거리며 애걸했다.

"야, 야아~ 너밖에 없어⋯⋯."

"싫어, 이게 벌써 몇 번째야?"

"할아버지가 말을 안락사시키는 것도 보았다며?"

"참내, 할아버지 이야기는 그만! 할아버지가 안락사시켰지 내가 안락사시켰어?"

"그 말고기 먹었다며?"

"쉿!!"

"우리 중에 말고기를 먹은 사람은 네가 유일해."

"에라이, 축갱아! 넌 하수구 뒤져 쥐 잡아먹었다며?"

"그건 배고파서⋯⋯."

"얌마! 그게 더 깜냥이 큰 거야."

"아아, 제발! 네가 해줘. 부탁해, 응?"

"아, 알았어. 말고기 먹은 게 뭐 대수라고 백정 취급이야!"

"헤헤, 부탁해!"

"쳇."

조원들의 애절한 시선이 모이자, 아이는 어깨를 으쓱하고는 날카로운 해부도를 손에 쥐었다.

'짜식들, 꼭 이런 일만 맡겨요. 시골 출신이라고 막 부려먹으려 해, 흥!'

곱상한 아이가 나서자 나머지 조원들은 안도하는 표정이다.

조원들에게는 단순한 칼잡이가 아닌 해결사 같은 존재.

모든 과제에서 이 아이만큼 두각을 보이는 생도는 없기에.

"자, 그럼……."

아이는 날카로운 은색 해부도를 어린 오크의 이마에 가져다 댔다.

'어디서, 이런 걸 주워 와가지고… 재주도 용타, 용해.'

제공된 오크 사체의 얼굴의 반이 해괴한 문양으로 뒤덮여져 있다.

상반신에서부터 이어져 하반신까지 절반만이 기괴한 문양으로 뒤덮여져 있다.

정확한 절반 분할.

녹색 피부에 그려진 갈색 문양은 마법진과 유사한 형이상학적인 여러 상징처럼 보였다.

누가, 어떤 목적으로 문신을 새겼는지 알 수는 없다.

움찔.

잠시 망설이는 소년.

먹선을 먹일 필요도 없이 두개골 정중앙이 문신으로 구분되어 있다.

문양이 있고 없는 선을 따라 바로 가르기만 하면 되었다.

'난이도가 높아서 이런 재료를 제공했나? 이도 배려라 해야 하나.'

문신을 반신에 도배를 한 어린 오크 사체.

이 정도 자랐으면 인간 나이로는 5년은 자란 오크다

보통 오크의 연령에다 2를 곱하면 인간 나이로 환산할 수 있다. 재료로 제공된 오크도 자신과 같은 또래로 보아야 했다.

하지만 지금은 심장이 차갑게 식어서 해부조에 누워 있다.

'홍! 오크 따위는 인간 문명의 해충이다. 감상(感傷)의 대상이 아니다. 하자!'

해부 순서를 다시 떠올리는 아이.

다른 아이들도 긴장하며 잠깐의 망설임을 이해하는 표정.

우선 머리 가죽부터 갈라야 했다.

하지만 문제는……

이후 단계인 두꺼운 두개골을 어떻게 가르느냐?

준비된 해부 도구를 찾았다.

아이의 눈을 따라 조원들의 시선도 같은 곳을 보았다.

나무망치와 모가 세로인 큼직한 정이 보였다.

오늘 과제를 깔끔하게 마무리하기는 그른 것이다.

시작도 하기 전에 찝찝함에 부르르 떠는 아이들.

'쳇, 시작도 하기 전에 분위기 잡치게.'

"휴우~"

심호흡.

곱상한 아이는 땀이 배인 손을 닦고는 해부도를 다시 잡았다.

"후읍, 후읍."

'자, 그럼, 오크야! 내 칼을 받아라!'

몇 번 심호흡을 한 아이는 칼을 오크의 이마 정중앙에 '푹' 꽂았다.

그리고,

쿡.

해부도 끝이 오크의 편편한 이마 뼈에 닿는 감촉이 느껴졌다.

머리 가죽은 생각보다 질기지 않았다.

아니면 해부도가 날카롭든지.

순간,

꿈틀, 들썩.

"어?"

……?

'이게 왜 이래?'

해부조 안에 작은 들썩임이 있고,

해부조를 둘러싼 아이들은 갑자기 숨이 멎었다.

다들 숨을 죽이며 내용물을 유심히 살폈다.

이마에 은색 쇠꼬챙이 같은 해부도가 꽂힌 오크.

오크의 감긴 두 눈이 바르르 떨렸다.

눈가에 잔 진동과 함께.

번쩍.

두 눈을 크게 여는 해부 대상.

"으악!!"

"와악!!"

"……!!"

D조의 아이들은 저도 모르게 놀라며 엉덩방아를 찧었다.

"아아아!!"

손가락은 해부도를 가리키며 얼어붙었다.

반면 이마에 칼을 꽂은 아이는 해부도를 여전히 쥔 채다.

침착하게 눈 아래 대상물의 상태를 내려다보았다.

'신경선을 건드린 거야! 설마, 그럴 리가! 그럴 리가 없어!'

그리고 대상물과 눈이 '딱' 마주쳤다.

이마에 은색 칼을 꽂은 오크의 탁한 진녹색 눈이 치켜 뜬 채 자신을 보고 있다.

도록.

눈 굴림이 있다.

눈 굴림?

진녹색 눈은 공포에 뒤덮인 지독한 생기를 내뿜었다.

사체 특유의 자욱한 탁기가 아니다.

대상물은?

살아 있었다!

두 대상 간의 영원 같은 일 초가 지나고…….

쿠아악!!

칼을 이마에 꽂은 오크의 입에서 괴성이 터졌다.

그리고 실습실의 모든 시선은 이미 D조에 쏠려 있는 상태.

다른 생도들도 무슨 일인가 싶어 D조를 주시했다.

"우악!"

"으헥!"

아이들이 놀라서 터뜨리는 비명이 실내에 가득 찼다.

살아 있다!!

다들 비명을 토하며 D조에서 떨어졌다.

소란이 파도처럼 퍼졌다.

사건이 벌어지자 열등감덩어리들은 킥킥거렸다.

'쇼 타임~!!'

그리고 해부 실습실에 내려오는 전통대로 사건은 흘러간다고 여겼다.

그러나,

꾸엑!!

다시금 오크의 입에서 괴성이 터지고, 반 문신 오크의 입에서 괴성이 터질 때마다 오크에게 새겨진 문양에 변화가 생겼다.

꿈틀꿈틀.

피부 표면을 따라 갈색 문양이 실지렁이처럼 너울거렸다.

마치 물가에 할랑거리며 빨판을 들이미는 거머리 같아 보이기도.

그림이, 문신이 살아 움직이다니?!

피부에 새겨진 문양이 연체동물처럼 흐느적거리며 빈 녹색여백으로 퍼지려 했다.

서서히 문신이 없는 피부 쪽으로 문신이 옮겨갔다.

맑은 물에 먹물이 번지듯 꿈틀거리며 빈 여백으로 확장을 꾀하는 문양.

꿈틀거리는 흑갈색 선들.

실뱀이 엉기듯이 문양은 시시각각으로 모습을 달리했다.

끼엑!!

다시 한 번 괴성이 터지고, 빈 여백 쪽으로 너울거리던 문양이 얼굴 쪽으로 모아졌다.

문양의 번짐이 방향을 틀었다.

괴성을 지를 때마다 이리저리 번지던 문양은 한 방향으로 틀었다.

종국에는 해부도가 꽂힌 이마를 중심으로 기이한 문양이

뭉쳤다 펴졌다를 반복했다.

문양이 모아지자 오크의 얼굴이 진한 갈색으로 뒤덮여졌다.

종국에는 녹색 오크의 얼굴이 검게 변해갔다.

"으헉!"

해부도를 쥔 어린 생도는 그제야 놀람의 신음을 터뜨렸다.

너무 놀라서인가, 반응이 느려도 너무 느렸다.

당연히 칼을 놓고 두 걸음 물러났다.

문신 오크의 두 눈이 그 어린 생도의 움직임을 따랐다.

그르르륵.

기괴스러웠다.

어린 생도는 문신 오크가 변화할 때까지 칼을 놓지 않고 있었지만 문양이 퍼지고 모이는 놀라운 현상에 그제야 정신을 차리고 물러서고 말았다.

괴현상은 계속되었다.

문신 오크의 온 얼굴에 시커먼 문양이 뭉쳐져 문양끼리 간섭하며 얼굴이 뒤죽박죽 어그러졌다.

투명한 누군가가 있어 얼굴을 이그러뜨리는 것 같다.

문제의 오크는 천천히 뒤죽박죽으로 어글거리는 얼굴을 들고 상체를 일으켰다.

"우왁!!"

조명을 받아 더욱 선명한 그 모습에 아이들은 자지러졌다.

괴성에 놀란 아이들이 기괴한 모습의 선명함에 더욱 놀랐다.

소리에, 모습에…….

"우아앙!!"

"엄마~!"

울음이 터지며 문 쪽으로 달아나는 아이들.

혼비백산.

공포는 어린 생도들에게 빠르게 전염되었다.

아이들의 선배들인 청년들은 당혹했다.

킥킥거리기를 멈추었다.

열등감덩어리들은 자신들의 장난이 이상한 쪽으로 흘러감을 이제야 느꼈는지 사태를 수습하기 위해 나서려 했다.

각본대로라면 이제 막 마나홀을 만든 아이들에게 마나홀 속에 써클까지 자리 잡은 선배들의 무용을 뽐내는 것.

청년들은 눈빛을 교환했다.

지금 오크가 보이는 괴사는 무시하기로 의사를 나누었다.

얼굴색이 기이해도 오크는 오크일 뿐.

청년들은 침착하게 해부조에서 상체를 일으킨 문신 오크에게 공격 마법을 퍼부을 준비를 했다.

그들의 짜여진 각본대로 멋들어지게 해결하면 되는 것이다.

오크 정도는 자신있는 그들.

일부러 살려놓은 것이라 선배의 위세를 과장되게 뽐내며 죽이면 그만.

청년들에게서 살기가 피어올랐다.

문제의 오크가 감지할 정도.

위기를 느꼈는지 오크가 해부조에서 상체를 버둥거리며 내려오려 했다.

움직이기 불편한 듯, 균형을 잡지 못하고 이리저리 기울며 상체만 틀어댔다.

비틀비틀.

문제의 오크는 어떤 약물의 영향 때문인지 다리만 움직이지 않았다.

팔 역시 힘이 없는지 흐느적거렸다.

끼엑!!

얼굴에 뒤죽박죽 엉켜진 문양 중 특정 문양이 도드라지며, 기성과 함께 반응했다.

괴성이 터짐에 특정 문양이 이리저리 겹쳐졌다.

겹쳐진 문양은 3개. 문양이 포개지며 미세한 빛이 났다.

화악!

누런 빛은 오크의 움직이지 못하는 하체에 집중되었다.

그러자 움직이지 않던 발이 당겨졌다.

척.

문신 오크가 특정 문양을 겹쳐 마비된 다리를 푼 것일까?

기괴한 문양에 마법적 기능이 있단 말인데…….

의문을 품기에는 시간은 촉박이 지나가고, 오크의 머리에 해부도를 박은 아이는 그 짧은 과정을 모두 지켜볼 수밖에.

둘 사이의 거리는 너무 가까웠고, 서로가 마주 보는 자세.

살기에 반응해 경중거리며 어색하게 해부조에서 내려선 문신 오크.

잠시 어질한 듯 비틀댔다.

문신 오크는 중심을 잡기 어려워지자, 해부조에 허리를 기댔다.

후들후들.

마비된 곳이 두 다리만은 아닌 듯.

그러길 잠시, 곧 주변을 불안스럽게 두리번거렸다.

먼저 해부조 위에 배가 갈리거나 사지가 절단된 동족들의 사체가 눈에 들어왔다.

그리고 소리를 지르는 인간의 아이들과 잔뜩 화가 난 다 자란 인간들이 보였다. 매서운 살기의 근원지는 다 자란 인간들.

대다수 인간 아이들은 한쪽으로 몰려서 벽면을 두드리며 울고불고 난리였으나 벽면은 요지부동이다.

통통.

"아아앙, 와앙!!"

구석에 웅크리고 숨은 인간 아이들도 있었다.

자신의 이마에 쇠꼬챙이를 꽂은 장본인으로 추정되는 인간아이는 멍하니 제자리에 서 있었다.

눈에 초점이 잡히지 않은 채다.

내부는 온통 인간의 어린 새끼들이 뱉어내는 공포의 소음뿐이다.

이후 수염 없는 인간 성체들이 주위를 포위하는 게 보였다.

인간 청년들의 손에 속성이 변형되고 뭉쳐진 마나가 보였다.

캐스팅 상태.

'위험! 인간의 기이한 능력이다. 맞으면… 안 돼!!'

인간 사냥꾼에게 붙들릴 때, 이미 인간의 마법이라는 기이한 능력을 경험했다.

여전히 칼을 이마에 꽂은 채인 문신 오크.

본능이 경고하자, 본능에 엉긴 문양이 반응했다.

크에엑!!

다시금 얼굴의 문양이 이지저리 겹쳐지며 조금 전보다 밝은 파란빛이 터졌다.

문양이 내뿜는 빛은 좀 전과 비교가 안 될 정도로 강렬했다.

화악!

오크의 검은 얼굴에서 빛이 터지자 인간 청년들은 제자리에 굳어진 채 멈추었다.

"익!"

"어?!"

"이런?"

동작이 멈추어진 것으로도 모자라 캐스팅된 공격 마법이 피시식 사라졌다.

오크가 내지른 소리!

문양!

빛!!

방금 전의 매직 캔슬 현상과 연관이 있음을 열등감덩어리들은 직감했다.

오크의 과성에 마법이 사라지다니…….

그러면 저 어린 오크가… 설마?

신대륙에는 '절대' 없다고 알려진 존재.

"설마? 그 오크 메이지? 오크 셔먼?"

"그럴 리가!!"

청년들은 자신들의 손에서 사라진 마법에 당황하며 다시금 마법을 준비했다.

오크의 정체는 나중에 따질 일.

하지만 문신 오크 역시 청년들의 반응을 가만히 보고 있지

만은 않았다.

조금 전처럼 생각이 드는 것과 동시에 반응도 따랐다.

문양이 겹쳐질 때마다 엄청난 고통이 뒤따랐다.

문양의 중첩 정도가 심할수록 그 고통 정도는 배가되고.

하지만 고통스러워도 목숨이 걸린 위기 상황.

크에엑!!

높다란 기성을 지르며 청년들에게 모여드는 마나를 재차 뒤흔들었다.

어린 오크는 이를 위해 문양을 4개나 중첩했다.

"아니!!"

청년들의 얼굴이 하얗게 변했다.

캐스팅 자체가 불가능했다.

마나 락(마나 잠금:Mana Rock)이 발현된 것.

디스펠 매직의 범위 확장!

사태는 명확해졌다.

반문신 오크는 신대륙에 있어서는 안 되는 오크 메이지.

어떻게 실습 재료로 공급되었는지는 지금은 알 수 없다.

해부 재료로 공급된 문제의 어린 오크.

새겨진 문양은 인간 중 누군가가 문신 제작을 실습한 것으로 생각했다.

자연히 다른 재료들과 달리 특이한 외관이라 거만덩어리들을 놀려주기 위한 극적인 함정으로 선택되어졌다.

아이가 아무렇게나 그린 듯한 기괴한 반쪽 문신.

으스스한 해부실 분위기에 적당했다.

해부실 전통에 입각해 한 개체는 그렇게 죽지 않은 가사 상태로 두었다.

예전 선배들이 자신들에게 했듯이… 한 것이다.

그런데 그 개체가 깨어나서는 기성을 토하고 있다.

청년들은 당황하여 마법 캐스팅에 자꾸 실패했다.

오크 메이지로 추정되는 어린 오크도 수많은 인간들에게 둘러싸여 있는 것에 놀라 자꾸 기괴한 괴성을 질러댔다.

동료를 부르는지 애절한 기성도 간간이 섞여 있었다.

그러나 자세히 보면 한 아이에게 집중하고 있음을 알 수 있었다.

제일 가까이 있고, 문신 오크의 이마에 쇠꼬챙이를 꽂은 장본인.

아이는 얼굴이 이미 새하얗게 질려 있다.

자신이 잘못 건드려 죽은 재료가 살아난 것은 아닌가 하는 착각마저 들었다.

그리고 연이어지는 문신 오크의 괴성 공격!!

귀가 멍하고 심혼(心魂)이 흔들거렸다.

자신 앞에서 팔딱거리며 얼굴에 뒤엉킨 문양을 이리저리 충돌시키며 괴성을 질러대기를 수차례.

청년들이 주춤하고 문제의 오크가 한 아이에게만 집중하

는 사이, 석실의 앞쪽에서 석문이 열리며 흰색 로브의 메이지
가 들어왔다.

"무슨 일이야!! 적당히 좀 하… 응?"

들어온 이는 해부학 담당 교수.

아이들이 몰리지 않은 앞문 앞에 서서는 문제의 오크가 한
아이의 코앞에서 괴성을 질러대는 걸 보고는 말을 잇지 못했
다.

선배들의 장난이 있을 것임을 알고는 부러 자리를 피해주
었다.

자신도 겪은 전통이라 조교들에게 일임했다.

담력 증진이라는 이름의 유치한 전통.

유치함은 추억으로 통하지 않는가. 그렇게 모른 척.

한데 이번 추억은 정도가 심하다 느껴졌다.

첫 비명이 들린 후, 소란이 좀체 가시지 않았다.

그리고 비명과 괴성이 생각보다 길어졌다.

선배들이 오크를 제압하지 않고 일부러 방치했다고 생각
하기에 이른다.

당연히 놀림 정도가 과하다 보고 막으려고 나타났다.

그리고 이렇게 이상한 사건이 눈앞에서 벌어지고 있는 것
이다.

장난을 준비한 조교와 보조인으로 참여한 아이들의 선배
들이 사태를 수습하지 못하고 낑낑거렸다.

캐스팅에 자꾸 실패하며 얼굴이 벌게진 조교들이 보였다.

다들 얼굴에 땀이 송골송골 맺혀 있다.

사태가 커진 원인은 명확했다.

어떤 원인으로 기성의 오크를 제압치 못해서인데…….

그리고 바로 알아챘다.

오크의 기음에서 기이한 파장이 감지되었다.

소리가 마나를 흩어놓고 있지 않은가.

실내가 닫힌 공간이라 마나의 간섭 정도는 캐스팅을 방해하기에 충분했다.

게다가 아직 경험이 미숙한 조교들이라 흥분해서 제대로 자신들을 추스르지 못하고 있다.

'마나 락?'

"이런, 이 따위에!!"

단 한순간에 모든 사태를 간파한 해부학 교수는 기성을 지르는 오크에게 공격 마법을 날렸다.

"감히, 에어 볼트!!"

괴성 오크에게 날아드는 압축된 공기 화살.

씨이익, 퍽!

그런데,

"엇!!"

마법을 날린 지도 교수마저도 놀라고 만다.

저도 모르게 뒤로 두 걸음을 물러났다.

자신에게 눈앞의 오크가 부여하는 실내 마나 교란은 별 의미가 없다.

자신의 정신력은 메이지 로브를 부여받지 못한 조교들에 비할 바가 아니다.

지금은 교편을 잡고 있지만 지도 교수는 전쟁을 경험했다.

기사의 새파란 검끝에서도 마법을 발현하였다.

그런 경험으로 간단히 마나 간섭을 물리치고 캐스팅에 성공했다.

그리고 격출(擊出) 시 위력도 평소 그대로임을 확인했다.

마나의 간섭없이 날린 마법인데 오크의 주변에 다다라서는 픽 하고 꺼지듯 없어졌다.

자연 눈이 휘둥그레졌다.

4써클 마스터가 날린 2써클 단위 마법이 통하질 않다니…….

이 정도 근거리라면 기사들의 강화 갑주도 관통시킬 위력이다.

관통하지 못하더라도, 갑주 안으로 무쇠 햄머로 때리는 충격이 전달될 터이다.

당연히 장기를 터뜨릴 수 있는 위력이다.

버티지 못하고 몸이 튕겨 나가야 정상.

그런 공격 마법이 기성을 지르는 문신 오크에게는 먹히지 않았다.

대신 오크의 성질을 더 돋웠는지 기성이 날카롭게 변했다.

끼에엑에에~

그러나 그 기성의 대상은 오직 눈앞의 한 어린 생도였다.

오크는 다른 대상들은 제외한 채 오직 눈앞에 아이에게만 집중했다.

과정을 지켜본 이들에게는 칼을 꽂은 장본인에게 복수를 하겠다는 듯 보였다.

오크다운 집착이라면 집착이랄까.

아이는 멍하니 서서 오크가 지르는 기성을 정면에서 받았다. 아이는 눈앞에 있는 오크의 얼굴 문양이 이리저리 겹쳐지는 게 빠르게 보였다.

두 겹, 세 겹, 네 겹…… 여섯 겹.

문양이 휙휙 나타나 교차하는가 하면 사라졌다.

문양이 겹쳐지는 순간, 문신 오크의 입에서 고통에 찬 기음이 터지고 기이한 빛이 생기기를 반복했다.

문신이 겹쳐지면 여지없이 빛의 균열이 선을 따라 새어 나왔다.

기성이 문양을 겹치게 하는지 문양이 겹쳐서 고통스러운 기성이 터지는지, 이제는 모호했다.

하지만 지금 오크가 내지르는 기성은 문신이 교차하면서

생기는 기성임이 틀림없었다.

문신 오크는 문신 오크대로 살려고 노력하는 본능적 행동.

의사가 통하지 않는 인간을 상대로 자신의 의사를 전달하기 위해 취한 방편.

대화의 상대가 자신의 이마에 쇠꼬챙이를 꽂은 상대라도 상관없었다.

제일 가까이에, 그리고 제일 먼저 눈과 눈이 부딪친 대상.

어떻게든 의사를 전달해야 했다.

살려달라고 애걸했다.

인간의 말을 배운 적이 없으니 깊은 뇌에 전달하려고 이 같은 노력을 퍼부었다.

인간들 눈에 자신의 노력이 어떻게 보일지는 알 수 없었다.

알 바 아니다.

당장 목숨이 위태로운데.

어떻게든 눈앞의 아이에게 자신의 의사를 알아듣게 하려고 다급한 본능이 최선을 다했다.

그 와중에 백색 로브의 인간 어른이 들어와서 마법으로 공격하자, 마음은 더욱 급박해졌다.

온몸이 뭉쳐진 마나 덩어리 같은 인간 어른이다.

빌빌한 인간 청년과 비할 바가 아니다.

백색 로브의 인간은 흩어놓은 마나층에서도 가볍게 마법을 구현했다.

역시 자신에게 충분히 위해를 가할 수 있는 존재임을 실천했다.

위급한 순간, 문신들이 반사적으로 반응했다.

평소에 얌전하기만 하던 움직이는 그림들.

늘 그림을 들여다보며 관찰하고 많은 대화를 했다.

위기의 순간, 그림들이 살아났다.

그림이 살아나 저항했다.

그림이 겹쳐지자 더욱 강력한 저항 수단이 되었다.

지금도 그랬다.

압축된 작은 공기 집합체를 가죽에 닿기 전에 흩뜨려 버렸다.

그렇게 그림을 조합해 마법 공격을 무마했지만, 그만 갈비뼈가 부러졌다.

그러나 아픔을 느낄 틈도 없이 앞의 대상에게 살려달라고 매달렸다.

그런 노력에도 불구하고 대화를 시도한 대상은 멍하니 서 있을 따름.

계속해서 살려달라고 의사를 표했는 데도 인간들은 모르는 듯했다. 주변에 알아듣는 이도 없었다.

다시금 문신 오크에게 암울한 공포가 밀려왔다.

반면 해부학 지도 교수는 그 나름대로 난감했다.

어린 생도 중 하나가 오크의 위협에 완전히 노출되어 있는 것이다.

분명 자신의 눈에는 그렇게 보였다.

아니, 장내의 모든 아이들이나 조교들도 그렇게 보고 있었다.

팔딱거리는 오크가 당장이라도 멍하니 서 있는 아이에게 달려들 것 같았다. 가느다란 목에 이빨을 곧 박을 것처럼 보이는 그림.

아이는 충격에 정신을 놓은 듯 보였다.

아직 어린 생도니 충분히 그럴 만했다.

선배들의 장난이 과했음은 나중에 따질 문제.

게다가 기성은 가면 갈수록 찢어져 듣고 있기가 여간 거북한 게 아니었다.

우르르르.

실내 마나층의 왜곡이 한층 더 커졌다.

어린 생도가 어떤 위험에 노출되었는지는 알 수 없지만 이대로 방치해선 안 된다는 것만은 확실했다.

해부학 교수의 고민은 길지 않았다.

해법 또한 보였다.

반짝.

'금속체!'

오크 이마에 일직선으로 꽂힌 은색 해부도가 눈에 들어왔다.

조명을 받아 해부 칼 특유의 은빛을 뿌려댔다.

해부 칼이라 칼자루까지 통으로 이어진 금속체.

보이는 순간 망설이지 않았다.

바로 실행에 옮겼다.

오크는 무슨 이유에서인지 칼을 뽑지 않은 채 파닥거렸다.

오크의 팔은 이미 장난을 준비한 선배들의 조치로 근맥이 녹은 상태다.

근육이 녹은 팔로는 개미 한 마리 죽이기 힘들다.

이곳의 책임자인 교수의 눈에 문신 오크의 팔이 축 늘어져서 흐물거리는 게 보일 리 없다.

우선 죽여놓고 볼 부차적인 문제다.

눈앞의 사태부터 종결 짓는 게 중요했다.

이런 사태에서 누가 길게 생각할 것인가.

"체인 라이트닝!!"

빠작, 짜짝!!

문신 오크의 이마로 강렬한 섬광이 작렬했다.

실내가 화악 환해졌다 바로 어두워졌다.

그리고,

퍼억!

무언가 충만한 내용물이 터지는 소리.

문신 오크는 인간 어른이 마법을 발동할 때 문양을 조합해 방어하려 했지만 이번만은 통하지 않았다.

5개의 문양을 중첩했지만 고통을 참아가며 완성하기에는 이미 늦었다.

게다가 구사한 마법도 강렬했고, 마법을 유도하는 유도체가 신체에 박혀 있다.

금속 유도체가 새파란 섬광을 받아 낼름 삼키고…….

어린 오크의 머리가 터지며 천지사방으로 허연 뇌수를 뿌렸다.

퍼어억~!

텡그랑, 후드득.

이마에 박힌 해부 칼이 석조 바닥에 떨어졌다.

오크 앞의 어린 생도는 비산하는 뇌수를 흠뻑 뒤집어썼다.

진녹색 피와 허연 뇌수.

갑작스러운 뜨끈함에 아이는 퍼뜩 정신을 차렸다.

주위가 비릿했다.

문양의 파도에 휩싸여 정신이 들었는데, 눈앞에 허전한 무언가가 서 있다.

멍하게 울리던 기성도 사라졌다.

머엉엉엉—

환청.

아이의 눈앞에서 기성을 지르던 문신 오크는 온데간데없었다. 대신 머리 없는 오크가 서 있었다.

머리가 없어졌음에도 해부조에 기대어 넘어지지 않았다.

주변은 허연 뇌수가 튀어 엉망이다.

아이에게는 지금의 상황은 중요하지가 않았다.

뜨끈하면서 걸쭉한 무언가가 얼굴을 타고 내려도 상관없었다.

흑갈색의 무언가가 콧속으로 스며들어도 느끼지 못했다.

콧속으로 빨리듯 스머드는 흑갈색의 가는 줄기.

아이는 오직 앞만 바라볼 뿐이다.

오직 한 생각에만 빠지고.

섬광이 작열하는 순간 아이는 문신 오크가 하는 행동을 알아들을 수 있었다.

한순간이었다.

그리고 문양의 규칙을 발견했다.

규칙이 보이자 말이 들렸다.

반복 과정에 모든 의미가 있었다.

문신 오크는 자신에게 애원했다.

애걸이 맞으리라.

자신을 위협한 게 아니었다.

칼을 꽂았다고 화를 낸 것도 아니었다.

죽음의 공포에서 벗어나고자 절규하고 있었다.

그저 공포로 몸부림치며 오직 한마디를 전달하려고 그 난리를 피운 것이다.

하고자 한 말이 무엇인지 간신히 통했는데, 그 문신 오크는 머리가 터지며 사라졌다.

마치 원래가 없었던 사건 같았다.

그러나 강렬한 무언가를 어린 생도에게 전달했다.

아이는 문신 오크가 자신에게 전해준 모든 문양의 조합과 그 조합이 마찰하면서 생기는 현상이 무엇을 뜻하는지 한순간에 깨우쳤다. 무언가 이질적인 게 스며들며…….

순식간에 문양이 뜻하는 정보가 쏟아져 들어왔다.

처음 접하는 정보들.

이는 깨우치는 방법을 알고, 깨우치기만 하면 알 수 있는 정보들이다.

그중에 문신 오크가 간절히 바란 것은 하나다.

제일 많은 의지가 담긴 정보.

문신 오크는 단지 삶을 찾으려 했을 뿐.

계속해서 살려달라고 애걸했다.

자신의 생명을 태워서 터뜨리는 소리.

애원!

'살려주세요, 살려주세요. 여기가 어디죠? 내가 왜 여기에 있지요? 부탁이니 살려주세요!

여운처럼 그렇게 오크의 말이 들렸다.

이제는 마지막 염원이 된 것.

단지 그 말을 전하려 했을 뿐이었다.

문신 오크가 죽으면서 남겨놓은 염원은 강력했다.

마지막에 불어넣은 염원이 돌고 돌아 기성에 노출된 어린 생도에게 파고들었다.

오크의 마지막 염원은 어린 생도의 의식을 타고 무의식을 흔들더니 잠재의식 깊은 곳까지 자리했다.

형이상학적 문양은 의식에서 무의식으로, 그리고 잠재의식으로⋯⋯.

문신 오크가 불어넣어 준 문양의 정보와 최후의 염원에 어린 생도는 버티지 못하고 결국 옆으로 쓰러졌다.

엄청난 정보가 잠재의식에 똬리를 틀었다.

그리고 실제 뇌 속에 무언가가 단단히 자리 잡았다.

코에서 피가 주르륵 쏟아졌다.

오크의 머리가 터지고 아이가 쓰러지기까지는 불과 몇 초도 걸리지 않은 시간.

어린 생도로서는 일 년보다도 긴 몇 초.

쿠당!

아이가 뇌수를 뒤집어쓰고 쓰러지자 그제야 주변 곳곳에서 아이를 챙기는 소음이 터졌다.

"아!!"

"609호!"

"다미안!"

"담!!"

"정신 차려!! 다미안!!"

…….

'오크는, 문신 오크는 살려달라고 했다. 단지 살려달라고…….'

삶의 애원.

애걸…….

*   *   *

군사 아카데미의 해부 실습실에서 작은 사고가 있었다.

작은 사고이기에 별다른 기록은 없다.

신대륙에는 있어서는 안 되는 존재.

오크 메이지의 등장을 증명할 아무런 증거도 없으니.

유야무야.

그런데 누구보다도 적응 잘하던 한 어린 생도가 있었다.

그러나 그의 아카데미의 생활은 이 사건 이후……

달라졌다, 모든 게.

풍부한 마력에 비해 마법 발현에 잦은 실패를 거듭했다.

특히 공격 마법 분야에서…….

군사 아카데미에서는 가장 치명적인 단점.

모두들 빠른 마법 성취에 따른 부작용으로 취급할 뿐, 이 사건과 연관지어 생각하는 이는 어느 누구도 없었다.

심지어 당사자조차도 그렇게 생각하지 않았다.

해부실 사고?

매년 해마다 반복되어진 일회성 해프닝이기에······.

미숙한 신이 있었다.

신은 생명을 만드는 재미에 푹 빠졌다.

신은 온갖 생명을 다 만든 후, 자신과 통하는 지성체를
만들기로 했다.

신은 자신의 털로 여러 생명을 만들었다.

여러 수인족이 태어났다.

그중 혐오스러운 긴 꼬리에 쥐 머리를 한 종족이 생겨났
다.

수인족 중 유일하게 스스로를 코볼트라 칭했다.

코볼트는 신의 역작인 '생명의 동산'을 마구 파헤쳤다.

신은 당연히 코볼트가 마음에 안 들었다.

생명의 동산 한 귀퉁이를 떼어내 멀리 보내 버렸다.

신은 자신의 창조물에 실망하지 않았다.

스스로를 칭할 정도의 지성물을 만든 것에 고무되어 새
로운 창조물을 만들기로 했다.

Chapter 2
마나의 적자(嫡子)

마나의
적자(嫡子)

"자! 누가 먼저 들개를 친구로 만드느냐
로 성적에 반영하겠다. 생도~오! 앞으로!!"

"실시!!"

청색 제복에 붉은 구두를 신은 아이들이 자신들에게 할당
된 개 우리 앞으로 뛰어갔다.

대략 100여 명.

생도라 불리는 아이들은 대략 12살가량.

다들 도시의 부유한 또래 집단보다 귀티 나고 건강해 보였
다.

나라의 공이 몇 년째 퍼부어져 만든 결과.

컹컹컹.

우렁찬 복창 소리에 우리 속의 개들이 요란히 짖어댔다.

그들이 달려간 우리 속에는 털이 짧은 누런 개들이 한 마리씩 들어 있다.

덩치는 송아지만 한 크기.

개들은 신대륙의 새로운 문젯거리인 떠돌이 들개였다.

어찌어찌 야생에 흘러들어 묘한 인자를 받아들여 인간을 위협하는 존재로 돌아왔다.

한번 떼를 지어 몰려다니면 창기병대가 출동해야 될 정도.

으르릉.

크르릉.

우리를 사이에 두고 인간 아이들에게 새하얀 살기를 피워댔다. 개의 형상은 하고 있지만 이미 개가 아니다.

하지만 이런 들개들을 어린 생도들은 달래서 친구로 만들어야 했다.

시험에 임하는 어린 생도들은 난감.

테이밍 시도 시 반드시 있어야 할 게 없어서다.

절대적으로 필요한 것.

미끼.

당연히 들개의 먹잇감.

미끼 없이 테이밍을 시도하라?

당연 실패율이 극도로 높아질 것은 자명.

역시 괜히 시험이겠는가.

소위 말하는 '변별력'을 높이려면 이 방법뿐이다.

생도들은 시키면 시키는 대로 할 수밖에 없는 입장.

어린 생도들은 아카데미에서 가르친 대로 테이밍을 들개에게 시도했다.

"자자, 친구야~ 친구야~"

"멍멍아! 멍멍아!"

"월월월~ 요용용~"

온갖 달래는 언어가 난무했다.

테이밍은 감성의 전달이 구 할.

생도들은 최대한 우호적인 감응을 담아 들개들에게 심어주려고 노력.

그러자 우리 속 들개들의 으르렁거림이 하나둘씩 잦아들었다.

인간과 같이 생활했던 선조들의 피가 반응해서인지 같은 개과인 울프들보다는 수월한 반응.

납작 엎드리며 꼬리치는 들개도 있다.

어느 정도 테이밍이 진행되는 단계라 할 만했다.

생도들의 숙련도가 다들 보통은 넘는다.

안 그런 우리도 있지만 대체적으로 성공적.

그런데 성질 급한 한 생도가 잠잠해진 들개 앞으로 손을 내밀었다.

아마 옆 우리의 들개가 납작 엎드린 게 이 생도의 경쟁심을 부추긴 듯.

쓰다듬는 행동을 통해 체온을 나눔으로써 테이밍을 굳히려는 시도.

그러나,

우리 속으로 낯선 게 들어오자 들개는 그만 본능에 호소하고.

우왕~ 컹!

"아악!!"

순식간에 손이 물리고 마는 생도.

우리의 칸이 조금이라도 넓었으면 이 생도의 작은 손은 들개의 입속에 있을 것이다.

하지만 작은 손이 들개의 이빨에 깊이 파이며 피가 튀었다.

피!!

붉은 피.

피비린내.

인간은 붉은 시각적 신호에 민감한 반면 색맹인 개는?

후각이 전부.

인근 모든 들개들의 눈이 갑자기 뒤집어졌다.

얌전히 테이밍에 응하다 모두 일시에 풀리고,

왕왕왕~

컹컹컹~

덜컹덜컹.

우리를 이리저리 분주히 왔다 갔다 하며 흥성을 되살렸다.

갑작스럽게 사나워진 들개들에 다른 생도들은 화들짝 놀라며 물러났다.

그렇게 들개를 꺼리는 감정이 전달되며 더욱 사태를 증폭시켰다.

"이런… 쯧."

채점 중인 테이밍 과목의 지도 교수는 이맛살을 찌푸렸다.

다친 생도도 격리시키고 들개들이 진정되려면 시간이 걸리니…….

시험 중지를 고려해야 했다.

호각을 입에 물고 불려는 순간,

"쭈쭈쭈, 쯧쯧쯧."

"……?"

뭔가를 달래는 소리.

이 사태에서 여전히 테이밍 중인 생도가 있다니.

'어라!'

지도 교수는 입에 문 호각에서 입술을 뗐다.

'음, 역시 담! 아니지, 이제는 생도 609호라 불러야 하나.'

들개들이 요란하게 난동을 부리는 순간에도 여전히 조용한 우리 하나. 그곳엔 담이라는 생도의 우호적인 신호에 공손히 응하는 들개가 있다.

생도는 특이한 흑청색 머리칼의 소유자.

어딜 가나 눈에 확 띈다.

체구는 다른 생도보다도 머리 하나는 큰 편.

그리고 서늘하면서도 강렬한 눈빛으로 들개를 주시하고 있다. 별로 우호적인 눈빛은 아니지만, 부드럽게 말린 입술이 편안하게 하는 무언가가 있다.

"칫! 또 담이야!"

"농장 출신이라 달라도 다르긴 다르군."

부러움에 터지는 방해성 투덜거림.

이에 전혀 반응이 없는 담이다.

그저 눈앞의 들개에만 집중.

들개는 주변의 난장에도 조용히 고개를 숙이며 꼬리를 치기까지. 담의 우리 주변은 주변과는 전혀 별개의 세계.

"쯧쯧쯧."

"……."

주변의 소란마저 이 우리를 중심으로 잦아들고.

담이라는 생도는 천천히 조심스레 손을 우리 속에 밀어 넣었다.

주변에 모든 테이밍이 전부 풀린 마당에 아주 위험천만한 행동.

'물어! 똥개야! 확 물어뜯어 버려!'

경쟁이 치열해지다 보니 조악한 심성을 개발한 생도들의

의념.

그런데, 보라!

이 들개는 얌전히 담이라는 생도의 손길을 받아들이고 있지 않은가.

게다가,

할짝.

혀를 내밀어 핥기까지.

"우우, 착하다, 착해. 도기~ 두기~"

담이라는 생도는 드디어 들개의 머리를 쓰다듬어 주는 데까지 성공.

주변의 모든 시선이 담에게로 몰렸다.

질투 넘치는 부러움으로.

담은 들개의 두툼한 볼 살도 움켜쥐며 놀리기까지 했다.

그리고 우리의 족쇄를 당겨 열었다.

과제의 마지막 단계.

들개를 대동하고 교관인 메이지에게 경과의 끝을 신고하는것.

그때,

삐익.

쇠가 긁히는 소리.

우리의 경첩이 뻑뻑했다.

주변의 다들 '아차' 하는 생각.

문을 여는 소리가 여간 거북한 게 아니기에.

주변 사람이 듣기에도 굉장히 거북스러웠다.

그럼 후각 다음으로 청각이 예민한 개는?

와앙~

갑자기 자유가 주어지자 왈칵 튀어나오는 들개.

그리고 문을 열어준 담이라는 생도를 그대로 덮쳤다.

튀어나온 들개와 한 덩어리로 같이 구르는 담.

"……!"

"억!!"

그 광경에 지도 교수마저도 기겁했다.

전에도 이 비슷한 사건이 담이라는 생도에게 있었다고 들어 지금 모습은 큰 사단이 난 것처럼 보이기에 충분했다.

들개에게 생도가 완전히 가려졌으니 그 아래 어떤 일이 벌어지는지 보이지도 않고.

들개가 담에게 아가리를 들이미는 게 눈으로 크게 들어왔다.

풀려난 들개야 간단히 처치하겠지만 그사이 생도는?

"망할!!"

즉시 공격 마법을 캐스팅하는 지도 교수.

"응?"

그런데 그만 손을 내려놓아야 했다.

풀려난 들개는 담이라는 생도의 얼굴을 핥으며 온갖 아양

을 다 떨고 있는 모습이 두 눈에 잡혔다. 자신이 우려하던 사태가 아니었다.

천만다행.

"휴유~"

간이 떨어졌다 붙었다.

들개는 담이라는 생도의 얼굴을 혀로 세수시키고는 지금은 빙글빙글 돌다가 배를 드러내 보이고 누웠다.

개가 배를 보이고 눕는다?

이는 상대에게 절대 복종을 의미하는 것.

담이라는 생도는 그제야 일어나 들개의 배를 쓰다듬어 주며 복종을 느긋이 받아들였다.

저 정도면 발군의 테이밍 실력. 타고나야 가능하다.

이 난장판 속에서도 테이밍을 성공시키자 담에게로 부러움이 모아졌다.

"과연, 동물하고의 친화도는 타고났다니까!"

그리고 노골적인 질시도.

"젠장, 들개가 아니고, 집 나온 '집 개' 아냐?"

담은 이런저런 소리를 헤치고 테이밍에 성공한 들개를 데리고 이 과목의 지도 교수에게 갔다.

동기들의 시선은 부러움 반, 미움 반.

바닥에 쓰러지며 묻은 먼지를 털지도 않고 부동자세를 취하는 담. 들개마저도 엉덩이를 땅에 붙이고 상체를 세운 자세를 취하며 보조를 맞춘다. 철저한 복종.

"생도 609호! 과제를 무사히 마쳤음을 보고합니다."

"좋아! 무사히 마친 것을 축하한다. 합격!! 가도 좋다."

'흐음, 테이밍은 발군이니 우리 메이지 타워로 끌어들여야 겠군. 좋았어!! 지금 이 아이는 심리적으로 문제가 있다고 경 원하지만, 이 정도 감각을 지닌 인재는 어디에도 없다. 기회 를 봐서 데려가야지. 후후.'

따뜻한 시선으로 담을 보는 테이밍 과목의 지도 교수.

아마 군사 아카데미 내에서 유일한 인물일지도.

이 지도 교수는 모 지역 메이지 타워에서 생도들에게 테이 밍 기법만을 가르치기 위해 파견나온 메이지다.

인근의 인재들을 군사 아카데미에 독식당한 상황이라 담 이라는 생도의 재능이 너무도 탐나는 것이다.

게다가 지금 담이라는 생도는 모종의 사건 이후로 마법 발 현에서 기복이 심하다 알려졌다.

마법 발현 시 기복과 편차.

이는 군사 아카데미에서는 도저히 용납이 안 되는 것.

반면 자신들은 어느 정도 감안할 수 있다.

충실한 마력에 동물과의 친숙도만 있으면 되기에.

그래서 담이라는 생도가 군사 아카데미에서 적응 못하고 내쳐지기를 은근히 고대했다.

그런데 과연 담이 군사 아카데미에서 내쳐질까?

누구도 알 수 없다.

시험을 마친 담은 혼자 털레털레 걸었다.

늘 따르는 따가운 눈초리를 받으며.

이미 이런 눈빛은 디디고 일어선 지 오래.

'이 자식들아! 밤잠 안 자고 공부 좀 하고 비웃어라! 쯧, 챙겨주는 것만 받아먹는 녀석들.'

이는 마음속으로만 자신을 다독이는 최면.

억누른 성질을 살려 대놓고 까다가는 학내의 전 구성원들과 다투어야 하기에.

이제 생도로서 회차가 늘어 사소한 다툼도 마법으로 겨루려 했다. 근데 자신에게는 치명적인 제약이 있다.

제약이 있음에도 몇 번 성질을 죽이지 못하고 대들다가 낭패를 본 적도 있었다.

이는 자신만 손해다.

그 때문에 온갖 모욕을 견디는 인내를 깨우쳤다.

이른 나이에 성질을 누르는 법을 터득한 담은 참고 또 참고, 또 참았다.

그렇게 입학 초와는 전혀 다른 아카데미 생활을 해야 했다.

쏟아지는 모욕과 비루한 질시.

하루하루가 살얼음.

자신은 오늘도 한고비 넘긴 것이다.

혼잣말이지만 당당한 내뱉는다.

"망할 똥개!! 침을 발라도 흠뻑 발랐어. 그 덕에 기분 좋게 놀았으니 된 거지, 뭐. 후후."

조금 전의 들개 길들이기.

자신에게는 애들 장난이다.

다행히 마법 발현을 강요하는 과목이 아니고.

자신은 마법 발현에 기복이 심하다는 악평을 받는 처지다.

마법 발현 시 기복?

있기는 있다.

단, 공격 마법에 한해서.

특히 공격 마법 분야는 말 그대로 쥐약 먹은 코볼트 꼴.

그런데 이게 더 빌어먹을 이유이다.

군사 아카데미는 말 그대로 준비된 군인을 양성하는 기관이다.

준비된 군인.

군인이 하는 일이 무엇인가?

나라를 외적으로부터 지키고 국민을 보호하는 일.

이는 거창한 대의일 뿐이다.

군인을 양성하는 각론으로 들어가면?

그렇다. 군사 아카데미는 대비하라를 모토로 한 준비된 학살자의 양성소이다.

그럼 이 시대에서 학살자하면 '워 메이지' 아닌가.

어느 직종이 그 점을 따를 수 있겠나.

이곳은 워 메이지를 양성하는 곳.

워 메이지!

온 나라, 전 대륙을 좌지우지하는 메이지 중의 메이지 집단.

백 명의 적을 막기 위해 천 명의 아군 머리 위로 범위 마법을 간단히 떨어뜨리는 존재들.

물론 백 명의 적은 유명기사단이다.

적 기사단을 괴멸시키는 데 천 명의 일반 병사의 목숨은 일종의 덤.

그런 비정한 판단을 감상없이 저절로 결행하는 존재들.

그리고 그것을 전공 중 최고로 여기고 상을 수여하는 존재이기도 하다.

아군을 죽이는 메이지나, 잘했다고 상을 주는 메이지나 같은 워 메이지.

군사 아카데미는 바로 그런 워 메이지를 양성하는 기관이었다.

이런 곳에서 공격 마법 분야에서 '버벅' 댄다면?

당장 출교 조치다.

그렇지만 자신은 끈질기게 남아 있다.

어떻게?

타 과목에서 남들과 다른 배전의 노력을 해서다.

그러려면 방학도 없이 아카데미에 붙어 있어야 했다.
그래야만이 한 고비 한 고비 넘길 수 있었기에.
고향?
집?
어머니?
모두 그립다.
특히 이렇게 한 고비 넘겨 안도감이 들 때면 더욱…….
"어머니……."
살며시 작게 불러보는 담.

어머니가 환히 웃으며 보내주었기에 즐겁게 생활했다.
당시 모든 게 즐거웠던 시절.
담은 이 군사 아카데미에 발을 들여놓은 과정이 떠올랐다.

*   *   *

댕엥~ 댕엥~ 댕.
누군가 마을 경계탑의 종을 나무망치로 깨어져라 쳐댔다.
이어 마을 너머로 연결된 종루가 동반적으로 울어댔다.
댕엥~ 댕엥~ 댕.
떠돌이 오크가 없어진 지 이미 십수 년이 지난 지역.
자이언트 계열의 야수도 인간의 찐한 채취를 피해 달아난

지도 오래.

이렇게 경종이 요란을 떨기는 근자에 드문 일이었다.

이웃 마을까지 아우르는 전체 소집.

두런두런.

주민들이 마을 공회당 앞으로 몰려나왔다.

그런데 마을 주민들의 얼굴에는 전혀 긴장감이 없다.

오히려 기대가 큰 표정들.

이미 촌장을 통해 오늘의 행사가 있을 것임을 듣고 이미 준비를 마친 차림.

그리고 공통적으로 최대한 단정하게 차려 입힌 아이들을 하나둘 대동했다는 것.

아이들?

대략 8세에서 12세까지 아이로 남녀에 구분이 없다.

그들이 오늘 행사의 주인공들이었다.

이미 공회당 앞은 대도회지의 축제 때도 볼 수 없는 화려한 차양이 쳐져 있고, 낯선 인물들이 분주히 오가고 있다.

대부분이 청색 로브의 메이지들.

차양 앞에는 어느새 높다란 장대가 세워졌고, 마을을 점거한 메이지들의 소속을 당당히 알리는 깃발이 펄럭였다.

코우란 왕국, 제8마법병단.

주민들을 소집한 단체의 정체.

오늘은 아이들의 적성검사를 하기 위해 나라에서 마법병

단을 파견한 날이다.

적성검사?

말 그대로 아이들의 재능을 검증하겠다는 것인데.

아이들의 어떤 재능을 알아내려는 것인가?

바로 메이지의 근본인 '마나 친화도'를 알아보려는 것.

마나.

지성체의 정신 에너지에 반응하는 초자연적인 힘.

이런 초자연력을 다루는 재능이 있는지 없는지를 판단하는 기준이 '마나 친화도'다.

초자연력을 다루는 재능은 타고나야 되는 것.

학습과는 전혀 관련이 없는 능력.

그래서 이를 판별하는 적성검사가 필요하다.

국가가 행하는 이 적성검사의 공정함은 자타가 인정한다.

왜?

귀족들의 자제나 부유한 이의 자제도 이 검증법 앞에서는 빈민가 하수구 '쥐잡이 아이들'과 똑같은 과정을 거치기에.

그랬다.

메이지의 마나 친화도는 돈이나 권력의 힘으로 만들어지는 게 아닌 것이기에.

메이지가 될 수 있는 길은 공평하고도 평등하다 할 수 있다.

물론 지금은 코우란 왕국에 한해서지만 많은 이웃 나라로

이 검증법과 발탁 과정이 급속도로 전파 중인 건 사실.

마을 주민들은 적성검사를 위해 마법병단이 올 때마다 자식들이나 일가 피붙이가 발탁되기를 고대했다.

당연 우러러보기도 무시무시한 워 메이지들의 방문을 뛰어넘어 대대적으로 환영했다.

웅성웅성.

어느 정도 사람들이 모여들자 적성검사가 바로 시작되었다.

우선 촌장들이 출생 대장을 들고 앞에 섰다.

그 뒤로 마을 별로 아이들이 줄을 섰다.

아이들은 젊은 메이지들의 안내를 받으며 차양 안으로 차례대로 들여보내졌다.

차양과 떨어진 곳에서 자식들이 발탁되기를 고대하는 부모들이 두 손을 모으고 조상들께 간절한 기도를 올리는 그림이 이어졌다.

부모들의 고개 숙인 모습은 경건함을 넘어선 무언가가 있다.

반나절의 시간이 흐르고.

이렇게 인근 마을까지 삼백 명이 넘는 아이들이 들여보내지고 나왔다.

안내를 담당하는 젊은 메이지의 인상이 시간이 지날수록 굳어졌다.

이상해서였다.

'삼백 명을 검사했는데 발탁된 아이가 없다니!'

이곳으로 오면서 이미 다섯 곳을 거쳤지만 이 마을처럼 발탁된 아이가 한 명도 없었다.

우연?

총 2천 경이 넘는 아이들을 검사했는데 그중 메이지의 재능을 가진 아이들이 한 명도 없다니.

이럴 수는 없는 것이다.

그럼 누가 먼저 선수를 친 것인지?

그런 의심이 무럭무럭 자라났다.

차양 안에 있는 고위 메이지들의 분기가 서서히 새어 나오기 시작하고, 안내 담당자인 젊은 메이지는 자신의 잘못이 아닌 데도 안절부절못했다.

'그들이! 먼저 인재들을 채어갔을 수도 있다.'

그림이 그려졌다.

군사 아카데미 체제가 본 궤도에 오르고 본격적으로 메이지들을 배출해 내자, 기존의 '메이지 타워'나 '던전'에서 위기 의식을 느끼고 있다 했다.

오지이고 왕도에서 멀리 떨어질수록 그 지역에 기반을 둔 메이지 타워나 던전의 위세는 시골 영주는 간단히 누를 정도이니, 그들이 비밀리에 다녀간 것이리라.

이 지역은 유력한 메이지 타워와 두 개의 던전이 아웅다웅

각축하는 지역이니 재능있는 아이들을 먼저 채갔을 것이다.

사실이다. 그들이 멀리서 인재들을 구했을 리 없으니.

이 근처 인재들을 싹쓸이한 것이다.

이런 식이면 나라에서 행하는 적성검사는 의미가 없어질 수도 있다. 시간이 지나면 큰 문제가 될 수도 있고.

젊은 메이지는 심각해졌다.

나라에서 할당량을 부가한 건 아니고 문책도 없지만, 이건 아닌 것.

나라의 근간을 발탁하는 행사를 메이지들의 이익집단들이 방해한 것에 젊은 메이지는 이를 갈았다.

'니밀, 생각없는 것들! 시대가 어느 때인데 차심부름이나 시키려고 애들을 데려가다니… 씨팔.'

메이지지만 군인다운 거친 생각.

젊은 메이지의 표정에 출생 대장의 목록을 짚어주는 마을 촌장들의 얼굴에서 미안함이 역력했다.

이들은 알고 있는 것이다, 이 행사의 무의미함을.

촌장들도 안타까운 일이다.

멀리 있는 국가 마법병단보다 인근의 메이지들이 더 무서우니 어쩔 수 없었다.

지금 이 행사는 눈 가리고 아웅 식.

한데 마을 주민들 중 어느 누구도 의미가 없는 행사인지 알지 못하고 있다.

아이들을 단장시키고 축제 분위기를 만들고…….

참으로 한심한 들러리 행태.

'반년 전에 근동의 메이지들이 먼저 왔다 갔음을 말하기도 애매하고…….'

촌장들은 이 근동 메이지들이 이미 데려간 아이는 단둘이기에 이 두 집은 적성검사에 응시 의사가 없는 것으로 간주하는 것으로 처리했다.

'백작도 제 하기 싫으면 그만!' 이라는 말도 있으니.

반년 전 이미 근동의 메이지들은 지금 같은 요란을 떨지 않고 가가호호 방문하며 아이들의 마나 친화도를 살피고 데려갔다.

부모들에게 건강검진이라며 돈까지 받아 챙기기도.

너무도 은밀히 이루어졌다.

그리고 친화도가 높은 두 아이가 발탁되어졌다.

그들의 부모에게는 학문을 가르치겠다는 말로 현혹시키고는 10골드를 던져 주고 데려갔다.

금화 10개!

부모들로서는 감지덕지.

목부와 농부가 대부분인 이 지역에서 금화 10개면 평생 접해보지 못하는 목돈이다.

부모들은 금화에 혹해서는 아이들을 인근 메이지 타워에 유학을 보내 버렸다. 감격까지 하며.

반년만 기다리면 자식에게 더 큰 기회가 왔을 터인데, 그 점은 생각 못하고 만다.

부모를 한심하다 탓하기 이전에 마법병단에 선발되어 보내질 군사 아카데미가 어떤 기관인지인지 구체적인 정보를 모르는 사람들이 대부분인 곳이니…….

당연히 국가에서 그 가족을 어떻게 보호하고 특혜를 주는지도 감감.

그저 돈 안 들이고 나라에서 메이지로 교육시켜 준다는 정도만 안다.

근자에 바뀐 특혜에 대한 정보도 없는 마당에 부모들로서는 손에 쥐어준 금화가 더 혹한, 어쩔 수 없는 결정.

젊은 메이지는 한숨을 '푹푹' 내쉬었다.

한 명도 발탁을 못해서가 아니다.

새치기식으로 빼돌려진 아이들이 몇 년을 스승과 선배들의 뒤치다꺼리나 하며, 소중하고도 중요한 시기를 허투루 보낼 게 뻔해서다.

메이지는 기초가 반. 그만큼 어린 시절이 중요하다.

메이지의 이 기초는 10세 전후에 잡아야 하는 게 좋다고 이제야 정설로 굳어지는 시기.

기존의 사설 메이지 타워나 던전에 들어간 아이들.

그들이 할 일은 뻔했다.

단순한 잡일.

차 심부름, 서고 정리, 약재 다듬기, 재료 선별……

심할 경우는 선배나 스승들의 밤 상대.

당연 훈련이라는 명목을 붙여 부려대는 온갖 잡무에 엄청난 시간을 낭비할 터.

기초를 다질 황금 같은 시기를 전통이라는 이름으로 날려 버릴 게 뻔했다.

그 폐해를 알기에 군사 아카데미가 생긴 것이고, 바로 이 때문에 국가가 나서서 행하는 공정한 적성검사가 필요한 게 아니겠는가.

가슴이 답답한 젊은 메이지.

성과없이 파할 시점이 되자,

"휴우~"

한숨이 절로 새어 나오고.

이 젊은 메이지의 한숨에 찔끔하는 촌장들.

촌장들은 시선을 둘 곳을 찾아 두리번거렸다.

젊은 메이지는 이들을 탓할 생각이 없는 듯 혼자만의 상념에 빠져들었다.

'시골 촌부들을 닦달한다고 마나 영재가 나올 리도 없고. 쯧.'

의미가 없어져 버린 행사에 젊은 메이지가 고민하다 낯선 소음에 정신을 차렸다.

퍽퍽!

"어쿠!"

"이것들이, 비켜! 내가 직접 알아보겠다!"

웬 노인이 긴 지팡이를 휘둘러 마을 주민들을 밀치고 오는 게 보였다. 마을 주민들이 화들짝 놀라며 길을 내었다.

메이지들이 있는 장소에서 야료라?

자못 기세가 사납다.

인파가 갈리며 길이 열린다는 표현이 어울리는 등장.

나타난 인물은 백발노인과 그 손자로 추정되어지는 흑발의 아이 하나.

그런데 차림이 이 지역 주민들과의 차이가 확연히 드러났다.

우선 노인, 아니, 노신사.

도회지의 부유한 신사 차림에 청색 코트형 모직 망토, 그리고 검정 가죽 구두.

이런 시골에서는 좀체 보기 드문 세련된 신사 복식.

맹금 같은 눈에 잘 그을린 얼굴이 윤기 나는 은백발과 그림처럼 어울렸다. 키도 크다.

주민들은 이 노신사와 감히 눈도 못 마주치고 시선을 피했다.

그리고 일부는 존경보다는 불만과 경멸을 담은 눈빛을 슬쩍슬쩍 보냈다.

이 지역에서 '어르신' 이라 불리는 유일한 지주.

이 어르신이라는 노신사에게 마을 주민들은 불만이 대단하다.

이런 부유한 차림만큼 지역 사회 악평의 진원지.

그런데 같이 온 아이는?

어르신의 유일한 손자.

마을의 또래 어떤 아이보다도 혈색이 좋고, 약간의 그을림이 더해져 매력적이고도 곱상하다.

나이답게 귀엽고, 타고난 귀족같이 고아한 귀티마저도 있다.

차림은 놀랍게도 군사 아카데미 생도 복식을 모방한 청색 코트.

코트는 아이에게 많이 컸지만 그 덕에 귀염성이 더욱 부각되었다.

그리고 귀족들의 전유물이 되어버린 빨간색 구두.

청색 코트에 붉은 가죽 구두.

이는 완벽한 군사 아카데미 생도 복식의 재현.

노신사가 왕도의 군사 아카데미를 잘 알고 있는 것이다.

아이를 위해 도회지에서 공들여 맞춘 게 확실했다.

아이를 위해 옷을 맞춘다?

이는 도회지 대상인이라도 쉽지 않다.

손자에 대한 과잉 사랑일까?

아니다.

노신사의 관심은 아이가 군사 아카데미에 입교하고 나서 받게 될, 가문에 내려질 혜택에 집중되어 있을 뿐.

오직 어르신인 노신사의 꿍꿍이.

새로운 법에 대한 정보를 정확히 알고 있는 마을에 몇 안 되는 인물.

노신사는 안내를 맡은 젊은 메이지에게 너무도 당당히 걸어왔다. 마치 결투를 신청하는 기사같은 박진감이 감돌 정도였다.

어디서 나오는 당당함인지 젊은 메이지는 이 노신사의 분위기에 저도 모르게 고개를 숙이며 용건을 정중히 물었다.

사람을 많이 다루어본 노인의 관록은 메이지마저 고개를 숙이게 했다.

젊은 메이지의 물음에 노신사의 답.

목소리 역시 칼칼하다.

성량은 눈앞의 젊은 메이지보다 차양 안 고위 메이지들이 들으라는 듯 컸다.

"내 손자는 4개월만 있으면 8살이오! 지금 적성검사를 놓치면 3년 뒤에 보아야 하는데, 그러면 기회가 평생 한 번밖에 없지 않소?! 그래서 이렇게 검사 기회를 요청하는 것이오!"

"......"

'뭐야, 이런 엉터리 같으니.'

젊은 메이지는 황당했다.

차림에 비해 이 노신사도 이곳 주민들과 다를 바 없기에.

바로 마나 친화도라는 개념을 모르는 점.

그랬다.

메이지에 대한 상식, 개념이 없다.

없는 마나 친화도가 두 번 세 번 적성검사를 본다고 생기는 것이 아니지 않은가.

노신사에게 이 점을 설명하려니 좀 전의 짜증이 증폭되고…….

젊은 메이지는 우선 아이부터 찬찬히 살폈다.

어쨌든 오늘의 행사의 주인공은 어른이 아니고 아이들이니.

'음, 귀족가의 소공자와 다를 바 없군. 체격도 나이에 비하면 큰 편이고… 혹 어쩌면? 그런데 규칙은 규칙인데.'

공무를 집행하는 이의 당연한 고민.

나이에 대한 규정과 그래도 좋지 싶은 감상과의 충돌.

다시금 보아지는 아이.

'어라? 왜 이러지?

젊은 메이지는 아이의 붉어진 볼을 보며 아이에게 묘한 호감이 생겼다.

눈앞에 개념을 상실한 노인네만 없다면 아들 삼고 싶을 정도.

'그놈 참, 왜 이리 댕기지?

바로 안아주고 싶은 남아(男兒).

그때 차양 안에서 명령이 내려왔다.

노인의 작정하고 한 말이니 안까지 다 들렸을 것이다.

감정이 전혀 느껴지지 않는 어투.

"들여보내! 입교식은 4달 후, 그때는 8살이네."

"에… 예!"

젊은 메이지는 차양 안에서 들려온 명령에 화들짝 놀라며 군인다운 자세로 딱 부러지게 답했다.

"이리로!"

그에 맞추어,

탁.

아이는 구두 뒷굽을 붙이며 젊은 메이지에게 고개를 까닥 숙였다. 며칠을 연습한 어색한 장교들의 인사법.

아이는 할아버지가 시킨 대로 행동하며 젊은 메이지의 안내에 응했다.

아이의 이 어설픈 정중함이 더욱 귀여운 젊은 메이지.

아이가 차양 안에 들어가자 차양 안의 또 다른 '노인네'들에게서 약간의 탄성이 터졌다.

"호~!"

일단 호감 가는 외모에 대한 찬탄일까?

대부분이 전쟁터를 전전해 자식 없는 늙으신네들이라 안아주고 싶은 손자의 등장에 대한 솔직한 환호이리라.

아니면 준비된 차림이던지.

그런 차양안 반응에 노신사는 '그러면 그렇지'라는 거만한 표정을 지었다.

'허이구, 이 못난 할배야! 메이지를 예쁜 순으로 뽑아?'

젊은 메이지는 이 시골의 목소리만 큰 노신사가 본능적으로 싫었다. 노탐이 심히 보일 정도이기에.

그런데 잠시 후,

"오~!"

차양 안에서 조금 전보다 더 큰 경호성이 터졌다.

첫 번째 검사가 마칠 시점에 터진 찬탄.

젊은 메이지는 깜짝 놀랐다.

'설마 이 아이가?'

차양 안 '노인네'들이 어떤 노인네들인가.

세상에 놀랄 일 하나 없다는 인물들의 집합이다.

감정 표현의 의미를 잃어버린 지 이미 오래인 워 메이지들이다.

아니, 처음부터 감정이 없는 인물들일지도 모른다.

기사들의 검끝이 이들의 횡격막에 가르더라도 눈 하나 깜짝 안 할 인사들이다.

무심무정(無心無情)의 극치라 할 만하다.

그런 노인네들의 입에서 감정이 실린 탄성이 터지게 하다니.

무슨 대단한 일이 벌어졌기에.

첫 번째로 난 환호가 다분히 형식적이라면 지금의 환호에는 기쁨의 감정이 배어 있다.

젊은 메이지의 얼굴이 기대로 상기되었다.

'된 거야? 그래, 맞아! 친화도가 있는 거야!'

다시,

"와아~!"

차양안은 극도로 흥분한 탄성이 이어 터졌다.

이후 두 번 더 시간 차를 두고 경악에 가까운 찬탄이 터졌다.

한둘이 놀라서 터뜨리는 환호성이 아니다.

이제는 얼마나 흥분했으면 차양 밖으로 온갖 찬사가 다 터져 나왔다.

"최고!"

"하하하, 이거야! 바로 이거야!"

"놀랍구나, 놀라워. 이게 바로 마나의 역작!"

"났어, 났다니까! 타고났어!"

"아냐! 이 아인 진정한 마나의 적자(嫡子)야!!"

마나의 적자!

아무에게나 붙이는 극찬이 아니다.

아이에게 붙을 수 있는 모든 찬사가 쏟아졌다.

표현은 다 다르지만 차양 안은 노인네들의 광분의 도가니.

차양 안의 반응에 노신사의 입이 길게 걸렸다.

그때,

차양이 걷히고 중년 메이지 한 명이 뛰어나왔다.

청색 로브의 소매 끝에는 붉은 가로줄이 5개 새겨져 있다.

5써클의 워 메이지.

그 나름으로 알아볼 일이 있어서다.

이 중년 메이지는 다짜고짜 아이의 보호자인 노신사에게 다가갔다.

그리고 빠르게 노신사의 몸을 짚어가며 성질 괴팍한 노신사를 살폈다. 인사고 뭐고 없다.

눈이 뒤집어지는 친화도를 보이는 아이가 방금 발견되었다.

당연 가계의 유전적 특질도 따져 봐야 했다.

요즘 메이지계의 주요 이슈라면 이슈.

노신사는 얼떨떨한 얼굴로 성질 급한 메이지의 폭포수 같은 질문에 답해야 했다.

대부분이 아이보다는 노신사에 관한 것.

"안 자고 얼마나 견디십니까?"

"양을 치다 보니 2, 3일은 꼬박 세운 적이 있습니다."

"피로 회복은?"

"잠시 눈을 붙여도 피로가 풀리는 체질입니다."

"잔병은?"

"바쁜데 아플 시간이 어디 있습니까?"

이 답에 절레절레 고개를 흔드는 젊은 메이지.

'정말 간 큰 노인이다. 감히 저분이 누구라고.'

"허허, 그럼 이 돌의 느낌이 어떻습니까?"

"따뜻합니다."

"이 돌은?"

"모르겠군요."

"호오, 젊은 시절 남들과 차별되는 장점은?"

"흠, 다른 목동보다 10배 많은 양들을 길렀습니다."

"오~!!"

"험! 제 자랑이지만, 눈만 부라려도 양들이 알아서 움직였으니까요. 그도 힘들지 않았습니다."

"역시 그렇군!"

고개를 끄덕이는 중년의 메이지.

노신사에게도 기감은 꺾였지만 약간의 마나 친화도가 있었다.

그리 뛰어난 것은 아니지만 일반인보다 다른 특질을 가진 건 확실.

"제 손자는?"

"당연, 합격입니다! 비교 불가의 친화도라 지금 이렇게 가계의 특이점까지 묻는 것입니다."

중년 메이지는 노신사에게 최대한 정중히 대했다.

고위 워 메이지에게 있을 수 없는 대화.

"오! 그러면, 그렇지. 암, 누구 손자인데."

"하하, 그렇습니다. 축하합니다. 아이 이름이 '다미' 라고요?"

"다미안! 다미안 위너입니다."

"오, 다미안! 위너 가의 다미안! 내, 그 이름 깊이 새겨놓겠습니다."

"하하, 감사합니다."

마지막 말을 하며 고위 급 메이지가 노신사에게 정중히 고개를 숙였다.

정중한 인사.

그 모습에 젊은 메이지는 깜짝 놀랐다.

대등한 대화도 놀라운데, 고개를 숙이며 축하하다니.

귀족에게도 고개를 숙이지 않는 게 워 메이지다.

그리고 이 중년 메이지가 지나갈라치면 오히려 귀족들이 경의를 표할 정도.

그런 고위 메이지가 이런 깡촌의 개념 무시 노인에게 고개를 숙이며 축하 인사를 하다니…….

놀람의 연속.

5써클 워 메이지가 손자의 이름을 기억하겠다는 말에 노신사는 더욱 우쭐했다.

노름에 미쳐 집 나간 아들은 몰라도 손자인 다미는 자신의

판박이.

체질이 비슷했다. 아니, 오히려 뛰어난 점이 많았다.

역시 그 특이 체질은 짐작대로 마나 친화도가 맞았다.

다미안이라는 아이의 할아버지인 노신사도 계기가 있었으면 메이지가 될 수 있었을 터이다.

특히, 동물을 다루는 데 특이한 재능을 발휘했을 수도 있다.

그러나 노신사의 어린 시절은 독립 전쟁이 한창인 신대륙의 대혼란기. 재능을 알아보고 길을 인도할 메이지와의 인연이 없어 재능을 피우지 못한 것이다.

노신사에게 그런 과거의 안타까움은 지금 문제가 아니다.

그 당시 메이지가 되었다면?

눈앞의 메이지처럼 가정도 꾸리지 못하고 전쟁터를 전전하기 바빴을 터이니.

지금 농장의 주인은 못 되었을 것이다.

노인은 메이지의 위상이 어떠하다 말해도 현재의 위치가 중요하다. 당연 숨은 재능은 살리지 못한 건 후회거리가 아니다.

'어르신'이 된 지금이 중요하고, 자신의 야망은 언제나 진행형이다.

야망?

비로 거대 목장의 주인!

그런데 거대 목장으로 도전할 토대가 손자로 인해 지금 마련되었다.

메이지의 재능이 유전적이지는 않다고 알려졌다.

다시 말하지만, 마나 친화도를 가지고 태어나는 것은 인간에게 부여된 평등한 기회다.

그래도 마나 친화도가 높은 메이지의 가계를 조사해 보면 후대에 꼭 친화도가 높은 아이가 태어나는 비율은 높은 편이다.

메이지의 자식이 꼭 메이지는 아니지만 3, 4대 뒤에는 친화도가 높은 아이가 태어난 사례는 흔하다.

노인은 뿌듯했다.

이제 손자가 메이지로 발탁되었기에 나라에서 상응하는 혜택이 주어질 것이다.

마을 주민들은 감히 상상도 못하는 혜택.

일반 가정에는 별 의미 없을지 모르는 특혜다.

그러나 중소 지주에서 대농장주가 되려니 필요한 특혜가 있다.

메이지를 배출한 가문에게만 주어지는 권리로 근례에 생겨난 것.

인근 메이지 타워에 손자를 유학보냈으면 감히 생각도 못하는 혜택!

그 혜택이 노신사에게는 중요했다.

8살도 안 된 손자가 집을 떠나 물 설고 바람 낯선 곳에서 어떤 고생을 하더라도…….

드디어 차양이 열리고 다미안과 고위 메이지들이 나왔다.

그 감정이 메마른 메이지들이 다미안을 목말을 태우고는 빙글빙글 돌았다.

어린 다미안도 주위가 모두 웃으니 환하게 같이 웃어주었다.

"하하하!"

다미안은 좋았다. 모두가 피붙이 같아서.

그들과 묘한 유대가 느껴졌기에.

이게 마나의 끌림이다.

그랬다.

적성검사.

묘하게 당기는 어른들이 대부분이라 처음부터 겁먹지도 않았다.

'따뜻한 돌, 차가운 돌을 가려냈을 뿐인데 그게 좋은 일이구나.'

다미안은 정확히 100개의 돌 중 마나석 10개를 간단히 찾아냈다. 놀람의 감정이 담긴 두 번째 탄성이 그렇게 터져 나왔다. 그리고 따뜻한 순서대로 다시 배열했다.

시키지는 않았지만.

그저 느끼는 대로.

순간, 차양 안의 어른들이 모두 자지러졌다.

다들 벌떡 일어났다. 찻잔도 엎지르고 부산해졌다.

이후 차가운 돌도 같은 식으로 찾아냈다.

마찬가지로 경악성이 넘쳐 났다.

차가운 순서대로 배열하는 것은 두 개 실패했지만 지금처럼 목말을 태우고 무지 좋아하는 것이다.

무감정의 대표 주자들이 서로 안아보겠다고 난리도 아니다.

최고의 인재를 발탁한 기쁨에 그 철혈의 메이지들이 막춤을 쳤다.

그리고 전 주민이 고대하는 마을 잔치가 벌어졌다.

이례적으로 모든 비용을 마법병단이 부담했고, 어린 다미안으로선 용도를 알 수 없는 선물들을 받았다.

다미안은 선물들이 마음에 들었다.

모두가 친숙한 기운이 느껴지는 것들이기에.

나중에 알게 된 일이지만 당시 받은 선물만으로도 '어르신'이라 불리는 할아버지의 부(富)를 넘어섰다.

다미안.

8살에서 4개월이 모자란 시점의 사건이었다.

환하게 웃으며 배웅하던 어머니.

꼭 참고 견디라 했다.

이어 마법병단을 따라 왕도의 군사 아카데미에 입교했다.
외롭지만 놀랍고도 새로운 생활의 시작.
최고의 경험, 공부……
모든 게 자신을 위해 준비한 것 같은 시설.
그리고 많이들 놀래키고, 즐거움을 주었다.

이때는 모두가 기뻐하면 모든 게 좋은 나이다.

믿거나 말거나 신화 2

미숙한 신이 있었다.

신은 생명을 만드는 재미에 푹 빠졌다.

신은 온갖 생명을 다 만든 후, 자신과 통하는 지성체를 만들기로 했다.

코볼트를 만들었지만……

이건 아니었다.

신은 과감하게 자신의 피부를 떼어내 또 다른 생명체를 만들었다.

형상은 자신과 닮으려고 노력한 흔적이 있었지만, 뾰족코에 삐죽한 귀를 한, 털 없는 맨 피부의 종족이 나타났다.

이들은 스스로를 고블린이라 칭했다.

맨 피부의 고블린은 추위를 이기기 위해 불을 만들었다.

그리고 게으르게 늘어져서는 생명의 동산에 불을 지르고 다녔다.

생명의 동산이 불탔다.

신은 이번에도 생명의 동산의 한 귀퉁이를 떼어내 멀리 보내 버렸다.

신은 갸웃했다.

이것도 아니었다. 하지만 불을 만들어낸 것에 가능성을 발견했다.

신은 좀 더 과감히 투자하기로 결심했다.

Chapter 3
마나 풀 (Mana Full)

마나 풀
(Mana Full)

신대류.

본토라는 구대류에서 이주한 인간들이 붙인 일방적 명칭.

원래는 리자드들이 살았기에 리자드 랜드.

리자드들의 땅이었다.

이 땅에 첫발을 들인 본토 모험가들이 붙인 첫 명칭이다.

세계수가 있다는 전설의 카르마 대류을 찾아 나선 모험가
들이 찾은 땅이다.

구대류의 모험가들이 찾아 나선 곳.

인간이 신에게 추방당했다던 대지, 카르마!

업의 대지!

본토라 불리는 구대륙 어디를 가도 자신들이 쫓겨난 카르마 대륙에 대한 전설을 있고, 대동소이했다.

자신들이 쫓겨난 곳.

인간들의 고향.

세계수의 보살핌을 받던 낙원의 땅.

현실이 고달프니 더욱 윤색된 이상향.

자연 시간이 지날수록 이 대륙의 존재는 아름다운 전설로 각색되었다.

당장 확인을 못하니 무언들 못 갖다 붙이리.

인간들은 타 대륙의 존재를 이상향의 전설로 간직했고, 대담한 모험가들에게 100일간의 대항해를 마다하지 않게 만들었다.

그렇게 세계수의 전설을 찾아, 잃어버린 고향을 찾아, 신대륙에 인간이 첫발을 들인 지 503년이라는 세월이 지났다.

이주력 503년.

신대륙 동북부에 위치한 코우란 마법 왕국.

신대륙 여러 나라 중 마법 강국으로 알려진 곳.

줄여 코우란 법국이라고도 널리 부른다. 또는 법국.

왕도 뉴케슬.

국립 군사 아카데미.

아카데미 내 모처의 비밀 수련장.

장방형의 유리조가 있다.

천장 높이는 대략 5미터.

마도세기를 선포한 구대륙에도 없는 투명 유리.

단일 유리조로는 이 시대 기술로 도저히 만들기가 불가능한 크기.

유리조 안은 족히 성인 30명은 여유있게 담을 수 있는 규모.

유리조의 천장과 바닥은 거미줄보다 세밀한 마법진이 빼곡히 새겨져 있다.

그럼 투명한 유리조 안에는 어떤 내용물이?

은은한 연청색의 기체가 너울거리고 있다.

하늘하늘 아지랑이가 피듯이 부드럽게.

일반인은 색을 판별할 수 없는 액체성 강한 기체들.

마나를 다루는 메이지들만이 고유의 색과 너울거림을 볼 수 있다.

이 기기의 이름은?

바로 마나 풀(Mana Full).

왕국 최고의 극비 시설이자 군사 아카데미의 근간.

속성(速成) 메이지 양성의 진정한 요람.

이 유리조를 사이에 둔 유리 격벽 앞으로 이제는 성인 냄새가 물씬 풍기는 소년, 소녀들이 도열해 있다.

다들 건강한 모습에 하나같이 수려하다.

모두 열두 명.

6기 생도 중 일부.

그런데 소년, 소녀들의 차림이 심상치 않다.

실오라기 하나 안 걸친 매끈한 나신.

소녀들의 봉긋한 가슴, 소년들의 심벌에 거뭇한 음모까지 너무도 적나라했다.

벌거벗은 남녀가 반반인 데도 소년, 소녀들의 표정에는 일말의 호기심도 없다.

그저 무덤덤할 뿐.

한창때의 나이이지만 이미 서로에 너무나 익숙한 모습이기에.

담담한 표정에 비해 눈들은 심한 공포로 흔들리고 있다.

잠시 후, 마나 풀 입수를 담당하는 메이지가 이들의 앞으로 나섰다.

"모두들 그간 수고 많았다. 오늘이 마지막 마나 풀 수련이 되기를… 최선을 다해 견디도록. 그럼 좋은 성과가 있기를 바란다. 실시!"

"실시!!"

두 손을 주먹 쥐며 손을 겨드랑이에 당기는 자세를 취한 생도들이 유리조 안으로 들어갔다.

다들 표정은 비장.

8회 차 시험을 보기 위해서는 10분 이상을 기기 내에서 마

나테를 돌리며 견뎌야 시험을 볼 자격이 주어지기에.

생도들로서는 오늘이 지옥을 체험하는 마지막 마나 풀 입수이길 기원하며 몸을 움직였다.

모두 들어가자 유리 격벽이 칸칸이 닫히고, 기존 유리벽이 사라지며 액체성 강한 기체들과 합쳐졌다.

그렇게 12명의 생도는 기이한 액상 기체에 노출되었다.

이때까지는 별 무반응.

잠시 후, 천장과 바닥의 마법진이 반응했다.

웅웅웅.

마법진이 액상 기체와 아래위로 반응하며 기이한 음을 토했다.

색도 일반인이 볼 수 있을 정도로 연푸르게 변하고…….

생도들은 숨을 깊이 들이쉬며 자신들이 취할 수 있는 가장 편한 자세를 취했다.

더러는 앉고, 더러는 눕기도.

그중에서도 편안히 선 자세를 유지하는 생도가 많은 편이었다.

연푸른 기체덩이들이 생도들의 몸을 휘감고.

이렇게 변질된 액상 기체는 마나의 압축체이다.

드디어 기체들이 생도들의 코로 스며들기 시작하자 생도들이 들이쉬는 표정이 일순 변했다.

천천히 입을 꾸욱 다물고 무언가를 견디는 얼굴.

그 견디는 무언가는 생도마다 전부 다르다.

어떤 생도는 이 기체에서 철분 기를, 어떤 이는 피비린내를, 또는 초원의 싱그러움을 느낀다 했다.

그에 따라 견디는 고통은 상상을 초월했다.

오죽했으면 이 수련 기기를 회피하려고 자살을 택한 생도도 있을까.

그러나 지금 이곳에 남은 생도들은 나름으로 그 초반 과정을 극복한 인물들. 시간이 좀 더 흐르자 생도들은 안정이 되었는지 자신들의 마나테를 돌리기 시작했다.

5분 후,

생도들의 표정은 제각기 변하기 시작했다.

고통 제2파의 시작.

생도들은 그들의 피 속으로 말로 표현할 수 없는 여러 물질들이 흘러다니는 것을 느꼈다.

쇠 바늘, 걸쭉한 진흙덩이, 찐득한 나무의 진액 등……

간지러운 것은 기본.

말로는 도저히 형언하기 어려운 고통까지.

고통을 참을수록 마나테에 마력은 충실히 쌓이지만 참는 게 보통 인내력으로는 감당키 어렵다.

하물며 소년, 소녀들로서는 더욱 그렇다.

참으려는 표정들이 역력했지만 그들이 짓는 표정은 너무도 제각각.

그 고통 속에서 더러는 다른 돌파구를 찾아 환상을 본다.

지금이 바로 그 전조였다.

생도들의 표정이 확연히 변했다.

화를 내려는 듯한 모습, 웃음을 참으려는 듯한 모습, 울음을 참으려는 듯한 모습.

오직 한 명만이 희미한 미소를 유지한 채다.

평온함과 안온함, 그 자체.

그만이 처음 그 상태 그대로 표정을 유지했다.

유일했다.

기기의 운영을 담당하는 교관도 오직 그 생도의 상태만 유심히 살필 뿐, 나머지 생도들에게는 눈길조차도 안 주었다.

10분 후, 드디어 한계를 보이는 생도들이 나타나기 시작했다.

첫 번째 이탈자가 지그재그 유리 격벽을 지나 뛰쳐나왔다.

"634호! 11분. 통과."

"생도 634호… 으웩!"

제일 먼저 나온 생도는 통과 보고도 마무리 못하고 헛물을 게워냈다.

오늘의 마나 풀 입수를 위해 이틀 동안 아무것도 안 먹은 듯, 빈속에서 시큼한 신물만 올려냈다.

생도는 이날을 위해 제대로 먹지도 못하고 그 나름대로 고통스러웠을 터이다.

"잘했다. 10분은 넘겼으니 이제 재입수는 없을 것이다."

"……."

마나 풀을 관리하는 메이지는 친절히 생도를 다독였다.

다른 철저한 군인 같은 교관들에 비해 학자같이 온유한 메이지.

하지만 마나 풀을 관리한다는 그 하나만으로도 최악의 저승사자였다.

"가, 감사합니다."

이제야 힘겹게 답하는 634호 생도.

이후 차례대로 생도들이 마나 풀에서 나왔다.

기기 주변은 혼란스러워졌다.

"엉엉엉."

퍼질러져 우는 생도.

"우헤헤헤."

경망스럽게 데굴데굴 구르며 웃는 생도.

쿵쿵쿵!

계속 머리를 땅에 박으며 자해인지 모를 행동을 하는 생도.

"으으윽."

정신을 차렸는지 발기한 성기가 줄어들지 않아 그 기둥을 부여잡고 고민하는 남자 생도.

쒸이이익.

아무렇게나 퍼질러 앉아 방뇨하는 여생도.

반응은 천차만별에 난장판.

고통을 이기기 위해 품은 환상이 배출한 찌꺼기.

어떤 환상이 생도들을 괴롭혔는지는 개개인의 성향에 따라 모두 달랐다.

마나 풀의 교관은 그러한 모습이 너무도 익숙한지 그대로 지켜볼 뿐이다. 한두 번 경험한 광경이 아니기에.

마나 풀에는 이제 3명만이 남았다.

잔잔한 미소를 유지한 채인 흑청발의 남자 생도.

질 수 없다는 오기로 숨을 억지로 참아 얼굴이 새파래진 여자 생도.

그리고 얼굴이 서서히 붉게 달아오르는 여자 생도.

단 3명.

그중 억지로 숨을 참던 여생도가 눈을 떴다.

그리고 갑자기 옆에 있는 남자 생도의 가슴을 할퀴었다.

순식간에 벌어진 일.

이때까지의 깊숙히 억눌러 왔던 분노의 표출.

남자 생도의 하얀 피부에 밭고랑 같은 붉은 혈선이 생겼다.

위해를 받고도 표정에 변화가 없는 남자 생도.

놀라운 무아지경.

"이런!"

교관도 당황스러운 상황.

그러나 움직이면 견딜 수가 없는 마나 풀이니 여생도는 그 것을 끝으로 뛰쳐나왔다.

그나마 다행이라면 다행.

남자 생도는 그런 위해를 받았는 데도 여전히 부동체(不動體)를 유지하고 있다.

"헉헉헉."

"생도, 688호! 무슨 짓이냐?"

"……."

"마나테를 돌리는 기기에서 숨을 참고 버티다니. 옆은 또 왜 건드리고! 부정 행위!! 탈락!!"

"아! 제발, 교관님… 흑."

688호로 불려진 노랑머리의 여자 생도는 그만 망연자실.

이제 후회해도 소용없다.

생도 중 탑을 노리기 위해 억지로 참았는데 빌어먹을 609호 때문에 엉망이 되었다.

최고에 대한 집착이 8회 차 시험을 놓치고 만 것.

마나 풀에서만 무적의 발군인 609호가 더욱 미워지는 노랑머리 여생도.

'그냥 나오는 건데… 평소의 악감정을 드러내다니.'

이제는 허탈하게 남은 둘을 지켜보는 수밖에…….

계속 맴도는 억울한 심정.

'제길, 마나 풀에서 어느 누가 609호를 이길 수 있단 말인

가. 내가 미쳤지. 흑.'

맞다, 미쳤다.

아카데미 내의 마나 풀 수련에서 어느 누구도 생도 609호를 넘을 수 없었다.

이미 철벽임이 증명된 지가 오래다.

여건만 된다면 하루도 버틸 수 있지 않을까 추측되어질 정도.

이제 남은 것은 단둘.

그런데 붉은 머리 여생도의 반응이 예전 수련 시의 모습과 다르다. 자꾸 남자 생도를 안았다 떨어졌다를 반복.

마나 풀 내에서 움직이고 있다?

그 정도 움직임을 보였으면 정신을 차리고 나와야 정상.

그러나 그녀 역시 기기에 대한 친화도는 발군인 듯.

아니면 환상의 정도가 행동을 해도 모를 정도로 깊어진 것인지.

여생도는 몽롱한 눈빛으로 남자 생도의 주위를 끈적하게 맴돌고, 이제는 움직임의 노골도가 심상치 않다.

남자 생도에게 몸을 밀착시키고는 입술로 상체를 더듬기 시작했다.

가슴을 비벼대기도 하며, 입술을 포개고 억지 키스를 시도하기까지.

의도적이라기보다는 분명히 본능적인 모습.

매달리는 모습이 추하다기보다는 아름답게 보인다.

진정한 애정이 느껴지기에.

여생도의 육탄 공세(?)에도 여전히 마나테를 돌리며 무아지경인 609호 생도.

"저저……."

저런 격렬한 움직임에도 나오지 않으니 황당한 교관.

'이런, 평소 감정이… 정말 좋아하는구나. 저러면 609호의 수련이 깨어진다. 할 수 없군.'

지도 교수는 더 이상 진행되기 전에 막기로 결정을 내렸다.

아무리 무아의 상태에서는 마나테를 돌려도 장시간 신체적인 접촉이 지속된다면 수련이 깨어진다.

수련자가 위험할 수도 있다.

"생도 688호! 들어가서 676호를 데리고 나오도록."

"에? 그런……."

"들어가! 그러면 재입수는 없는 것으로 하겠다."

"예? 예! 실시!!"

노랑머리 여생도는 재빨리 기회를 잡았다.

이미 평균 이상의 점수를 받은 상태에서 고통스러운 재입수는 사양이기에.

쥐 덮치는 고양이같이 냉큼 뛰어들었다.

숨을 멈추고 일(?)을 벌이고 있는 676호를 떼어냈다.

'흥, 안 그런 척하더니… 매달리는 꼬락서니하고는.'

자신은 숨을 멈춘 상태고, 붉은 머리 여생도는 이미 지독한 욕망에서 벗어나지 못하고 있다.

어린 소녀지만 진득한 욕망이 넘실거렸다.

이는 다 소녀가 은근히 연모하는 이가 바로 옆에 있어서였다.

평상시는 혹독한 아카데미 일정 때문에 냉정을 유지했을 테지만, 마나 풀은 냉정함이나 이성이 통용되지 않는 기기.

어떤 생도라도 기기 내에서는 자신의 솔직한 내면을 까발리고 만다. 예외란 있을 수 없다.

즉, 마나 풀 안에서는 인간의 감추어진 감정이 숨김없이 드러난다. 증오로 할퀴는 사람이 있으면 사랑을 나누고픈 사람도 있는 것이다.

두 여생도 간에 마나 풀에서의 난투(?)가 벌어졌다.

벌거벗은 채 엎치락뒤치락.

붉은 머리 여생도는 남자 생도에게서 떨어지지 않으려고 발악에 가깝게 저항했다. 동작이 자연 커지고,

"아!"

그러다 갑자기 정신을 차렸다.

급히 코를 막고는 노랑머리 여생도의 손에 이끌려 마나 풀을 벗어났다.

"헉헉헉."

다른 생도에 비해 홍건할 정도로 땀에 흠뻑 절어 있다.

자신이 은근히 좋아하던 609호에게 한 짓이 생각나자 얼굴이 이마에서 목까지 벌게졌다. 대충 어떤 일이 있었는지는 기억이 난 듯했다.

막 아카데미에 입교했을 때부터 이 남자 생도는 자신만의 왕자였다.

빈민가의 비루한 출신인 자신을 위해 놀리는 애들과 싸워주기도 한, 비록 자라면서 거리는 두었지만 눈에는 항상 담고 있었다.

그의 추락에 가슴 아파하기도.

이제는 그만 눈물이 그렁그렁 매달렸다.

교관은 모른 척했다.

"가도 좋다! 모두 잘 참아주었다. 609호는, 아니, 담은 내가 지켜보겠다. 모두 합격! 통과다."

"……!"

합격.

그러나 기쁘지 않고 공통적인 질투심만 다들 울컥.

자신들의 이름을 기억하고 불러주는 교관이 아카데미에 과연 누가 있겠는가?

없다.

'여전히 609호를 마나의 적자로 보는구나.'

모두 더 이상의 마나 풀 수련은 안 해도 되지만 뭔가 개운치가 않았다.

경쟁심이 괜히 경쟁심이겠는가.

생도 대부분이 마나 풀에서 '마나홀'을 만들고 '첫 써클'을 만드는 감동을 경험했다.

마나 풀에 적응만 하면 그 발전이 무궁무진함은 이미 충분히 알고 있다. 고통을 감내하며 수련에 임해야 되는 이유.

그런데 마법 발현의 기복이 제일 심한 609호가 저토록 적응을 잘하니 지독한 질시가 생겼다.

"뭐 하나? 모두 나가라!!"

버럭 화를 내는 교관. 처음 듣는 사나운 축객령(逐客令).

그만 찔끔하는 생도들.

"시, 실시!!"

다들 찜찜하게 수련장을 나서고.

몇몇 생도는 수련장 문을 나서며 여전히 마나 풀에서 고요히 마나테를 돌리는 609호를 노려보았다.

'흥! 마나홀이 아무리 크고, 마나테가 아무리 연해도, 마법 발현을 못하는 멍추다. 마나의 적자(嫡子)? 언제적 이야기야?'

반발심이지만 솔직히 부러운 건 사실.

자신들도 여건만 되어 버틸 수 있으면 버티고 싶다.

발전의 지름길이 있는데 왜 둘러서 가고 싶겠나.

그러나 마나 풀의 수련은 지옥의 가시밭길이다.

마나 풀 입수도 심장을 쥐어짜는 고통, 생과 사가 오락가락한 데다 체험하기도 싫은 기묘한 환상까지.

평소에 억눌린 욕망이나 안타까운 감상을 고스란히 표출하기에 이제는 단연코 사양한다.

그러기에 담에 대한 질시가 가장 많이 키워지는 수련장이기도 했다.

생도들이 모두 나간 수련장에는 교관 급 메이지와 몇몇 조수들만 남았다.

더 이상 마나 풀 입수가 필요없다는 판정을 받은 담에게 할 수 있는 마지막 실험.

마나체 농도의 배가.

과연 그것을 담이 어떻게 해결할지가 관건.

잘하리라고 자신하는 교관.

교관은 따뜻한 시선을 마나테를 돌리며 명상 중인 담에게 보냈다.

그랬다. 그에게는 생도 609호가 아닌 담이다.

마나의 적자.

"자, 담을 위해 남은 마력을 모두 쏟아 붓도록!"

"예!"

교관은 오늘이 마지막인 담을 위해 마나 풀의 농도를 최대로 올렸다.

조교들도 분주히 움직였다, 기대를 하며.

쏴아.

유리조의 상하부 마법진이 또 다르게 반응하면서 내부의 액상기체의 농도가 뿌예졌다.

천장과 바닥의 마밥진에 또 다른 변화가 일어났다.

위쪽이 밝아지면 아래쪽이 짙은 어둠을, 아래쪽이 밝아지면 위쪽이 어두워지기를 반복.

빛과 어둠의 교차 대비.

더욱 짙어진 청색의 액상 기체.

유리조 안은 명암의 교차가 빈번해졌다.

그 중앙엔 오직 담뿐이다.

그리고,

지금 아카데미의 보름치 유지비가 한순간에 사라졌다.

그러거나 말거나 마나 풀을 관리하는 메이지들의 표정은 만족, 그 자체였다.

기대대로 담이 여전히 부동체를 유지하고 있기에.

비밀이지만 담이 이렇게 장시간 기기에 적응했기에 놀라운 실험 정보를 모을 수 있었다.

10년간 실험할 것을 바로 담 덕분에 줄였다는 말이 있을 정도.

그만큼 담의 마나 친화도나 기기의 마력 적응도는 최극상이라 할 만했다.

"마나의 적자여~! 어서 빨리 큰마음으로 심리적 벽을 극복하기를……."

교관은 담의 또 다른 응원자.

순간 교관의 순수한 바람이 통했는지 유리조 안의 담의 심장 부위에서 밝은 빛이 터졌다.

"앗!!"

화앗.

아름다운 황금빛.

환한 빛의 고리가 유리벽에 투영되었다.

하나, 둘, 셋, 넷.

마나테가 넷!!

"오! 4써클!! 이런 일이."

전형적이 써클의 벽을 넘었을 때의 현상.

그러나 어디에서도 본 적 없는 아름다운 황금 테.

"16살에 4써클에 들다니… 이건 거짓말이야."

"이런 경사가!! 역시 우리의 담."

경악에 찬 마나 풀의 관계자들.

교관은 벅차오르는 감동을 경험했다.

지금도 마찬가지. 늘 담으로 인해서다.

유일하게 이름을 기억하고자 생도 번호를 부르지 않았다.

되도록 이름을 부르려 노력했다.

담, 다미안. 다미안 위너.

교관들이 기뻐하는 순간에 담도 극한 희열을 맛보았다.

마나풀이 또 자신을 한 계단 높은 곳으로 인도했다.

고통의 단계를 이미 넘어버린 자신에게 더 이상 찾아오지 않을 줄 알았던 그 느낌.

그 '오름의 환희심(歡喜心)' 이 찾아왔기에.

다시 한 단계 디디고 일어섰다.

4써클!

정확하게는 4써클 비기너.

아카데미 내에서 자신을 무어라 부르던 바로 이 순간을 위해 그렇게 참고 견뎠다.

고통?

있었다. 지금도 있었고, 방금 전도.

자신도 다른 생도들과 마찬가지의 극통이 찾아왔다.

하지만 견디고, 견디고, 또 견뎠다.

남들의 인정? 남들의 시선?

이미 초월한 지 오래.

그리고 이제 마나 풀은 고향과 같은 존재가 된 지가 오래다.

아카데미의 온갖 질시에서 자신을 버틸 수 있도록 지켜준 버팀목이 되어주었다.

메이지로서의 성장을 경험할 수 있는 유일한 안식처.

그럼 평소는?

고향의, 집의, 어머니의 푸근함이 느껴지는 유일한 곳.

담은 그 푸근함을 좋아했다.
모든 고통을 감내할 수 있는.
푸근함.
안온함이 있었다.

마나의 적자(嫡子)에서 마나의 적자(賊子) 소리를 듣던 담.
8회 차 시험을 며칠 앞둔 시점에서……
4써클에 들었다.

             *   *   *

어둑한 시간.
담은 숲길을 걷고 있었다.
모처의 마나 풀 수련장에서 이제야 숙소로 돌아가는 길.
그러나 너무 둘러 가는 길.
담은 아카데미 경내를 지나지 않고 늘 이렇게 돌아 걸었다.
걸으며 많은 것을 생각하고 하루를 그렇게 정리하는 게 일
상이 되었다.
남들 눈에는 사람을 피하는 듯한 모습으로 비추어졌지만
이 역시 알 바 아니다.
오늘의 주제.
똑같은 환경에, 똑같은 기기 속에서, 똑같은 조건인 데도

유독 자신만 4써클에 들 수 있었을까?

그 이유를 곰곰이 생각하면서…….

담은 늘 이렇게 산책하며 여러 가지 주제를 놓고 답과 의문을 구했다.

거창할 것 없는 나름의 수상법(隨想法).

다른 생도들과 다른, 나만의 조건 또는 환경은 무엇일까?

결론은 이미 나와 있었다. 오래전부터.

호연지기를 기르고 가르쳐야 할 아카데미는 오로지 투쟁심만 고취시켰다.

투쟁심.

군인으로서는 당연히 필요한 심성이지만 '오름' 또는 '깨달음'을 추구하는 메이지들에게는 하나의 장애물일지도.

자신에게는 그 투쟁심이 모종의 사건으로 결여되어 있는 것은 사실.

아마 나름의 장애가 없었으면, 자신도 누구 못지않은 악랄한 생도 중 하나가 되었을 것이다.

자신의 심성?

그리 만만치 않다.

그러면 오늘의 성취는?

장담컨대 이루지 못하고 고만한 생도들과 아웅다웅할 정도에서 답보했을 것이다.

그러면 자신에게 호승심이 있나?

단연코 그것도 아니다.

오직 하나, 오래전에 눈을 떠버린 마음.

측은지심(惻隱知心).

이제야 자신이 알아버린 마음의 정체.

자신은 그 마음을 어쩔 수 없이 이때까지 갈고닦은 것이다.

그랬다.

담은 3써클에 오르면서 공격 마법이 발현된다는 사실을 알았다.

대신 죽음을 담보로 한 워 메이지의 특기를 사용해야 했다.

드디어 공격 마법이 가능하다니…….

자신이 무시당하는 참담한 시절의 연속이기에 무엇보다도 '나도 공격 마법이 가능하다!'는 것을 보여주고 싶었다.

그러나 막상 공격 마법의 실험 대상으로 자신이 테이밍한 들개가 나오자 감히 발현하지 못했다.

테이밍이 된 순간, 이미 친구.

마음이 통한 친구를 단지 자신의 성취를 자랑하기 위한 도구로 죽인다?

하지 못했다.

아니, 안 했다.

경멸당했다.

그리고 근처 바위만 무식하게 부쉈다.

이후로 비슷한 과제가 나오면 대상에 따라 되다가 안 되다

가를 반복했다.

그렇게 생겨난 마법 발현의 기복.

누가 귀에 입을 대고 '처치하라!' 고래고래 옥박을 질러도 고작 쥐 한 마리를 죽이는 데 죽음을 담보로 한 기예를 발현시키며 목숨을 걸 수는 없지 않은가.

쥐 한 마리와 자신의 목숨.

담, 자신의 목숨이 극도로 소중하다.

당시 불완전한 상태의 기예였으니 잘못 발현했다가는 폐인이 되는 것이다.

정신적 장애?

당연 아니다.

남에게 자신을 보여주는 게 얼마나 허망한가를 그렇게 알았다. 그리고 그렇게 키운 마음이 오늘의 성취로 이어졌고…….

자신의 수련과 고생은 절대 잘못되지 않았다.

담은 승리자가 된 듯한 기쁨이 가슴 깊숙한 곳에서 올라왔다.

"와아~!"

기쁨의 환성을 크게 질렀다.

"와아—"

메아리가 근처 나무들 사이로 길게 퍼져 나갔다.

오늘같이 통쾌한 날은 없기에.

대기 중의 마나가 피부에 착 감기는 것이 평소보다 달랐다.

더 친숙하고 부드러웠다.

담이 그렇게 환희심을 토하며 힘차게 걸었다.

그런데,

"엇."

담은 멈춰 서야 했다.

눈앞의 나무 옆에 누군가가 있다.

"아."

생도 676호. 보렐!

빨간 머리에 약간의 주근깨가 남아 있는 얼굴의 여생도.

영양 상태가 좋아지고부터 예뻐진 경우.

체형도 등진 달빛을 받아 좁은 어깨와 가는 허리선이 더욱
돋보였다.

아카데미 입교 초기에는 친하게 지냈는데, 경쟁이 치열해
질수록 서먹서먹해지더니 현재는 뭐가 뭐본 듯하는 사이가
됐다.

그러나 다 이해한다.

학내 분위기가 그런 분위기이니.

그런데 오늘은 자신을 기다렸다는 느낌이 들었다.

아마 마나 풀에서의 일 때문이리라.

교관에게서 이야기는 대충 들었다.

할퀴는 여생도, 키스하는 여생도.

극과 극이지만, 인기인이라는 놀림도.

여생도에게 다가갔다.

원래 지나가는 길을 걷듯이.

"나는……."

"……?"

"나는……."

"보렐?"

"생도 676호!!"

이름을 부르자 발끈하는 보렐.

번호는 무성이라는 규칙 아닌 규칙.

"아, 그래. 생도 676호."

"아니, 보렐로……."

"……?!"

"보렐!"

"그래, 보렐."

"그, 그게……."

"괜찮아. 물리고, 꼬집히고, 할퀴고 다 한 번씩 당해봐서."

"그래도……."

"내 생도 생활이 그렇고 그렇지."

"그래도 나는……."

'나는 키스했잖아!! 어떻게 할퀴는 것과 비교해!!'

여전히 감이 없는 담.

무안해할까 봐 딴 변죽만 올렸다.

"벌써 8회 차 시험이구나. 잘 봐라!"

"그, 그래. 너도."

'음, 여전하구나. 담의 무덤덤함은.'

"글쎄, 나야 여기까지 온 것도 기적이라 하니."

"아냐! 나는 알아. 네 능력을…… 네가 우리 중 최고임을……."

"와~! 고마운데. 하지만 그런 말 대놓고 하지 마! 바로 '따' 된다."

"……!"

'고마워, 여전히 배려하는구나…….'

담과 친해지면 가혹한 불똥이 떨어진다.

그 때문에 담 주위는 늘 진공 상태.

"하하, 보렐, 보렐! 간만에 불러보니 좋다. 반갑고, 시험 잘 봐라!"

"응. 그, 그런데."

"오늘 일? 나는 몰라! 기기 안에서 일어난 일은 자신도 몰라. 미안해하지도 말고."

"고마워, 알았어. 다, 담."

"그래, 지금처럼 기회 있을 때 이름 불러주면 된 거지. 갈게."

"그, 그래. 잘 가!"

"보렐도."

"……."

'담도.'

보렐을 지나 숙소로 향하는 담.

담의 등을 아련히 보는 보렐.

'넌 영원히… 나의 왕자야…….'

그리고 이 둘을 지켜보는 또 하나의 인물.

외상용 연고를 만지작거리는 노랑머리 소녀.

연고를 전해줄 기회는 보렐의 등장으로 놓쳤다.

"이씨. 논다, 놀아! 둘이 잘 논다."

'보렐? 담? 웃겼어.'

좋아하는 감정이나, 싫어하는 감정이나 사람마다 표현방
식은 다 다르다.

좋아서, 좋다고 말하기!

차 한잔 같이하자는 말보다 어려운 말이기는 분명하다.

믿거나 말거나 신화 3

미숙한 신이 있었다.

신은 생명을 만드는 재미에 푹 빠졌다.

신은 온갖 생명을 다 만든 후 자신과 통하는 지성체를 만들기로 했다. 그렇게 코볼트, 고블린이 만들어졌다.

실패했지만 신은 실망하지 않았다.

신은 창조의 새로운 재료를 찾았다.

이번엔 자신의 신체 부위에서 단단한 부위를 실험키로 했다.

손톱이 생각났다.

신은 손톱으로 또 다른 지성체를 만들었다.

도마뱀 머리에 번들거리는 비늘을 한 종족이 태어났다.

이 종족 역시 스스로를 리자드라 칭했다.

이 종족은 신의 기대대로 튼튼했고, 번들거리는 비늘로 인해 쪼금 멋졌다.

그런데 리자드들은 비늘을 가꾸기 위해 물가를 절대 벗어나지 않았다. 습한 곳만 찾아다녔다.

생명의 동산 전부를 사랑하지 않았다. 이것도 아니었다.

그러나 생명의 동산을 떼어낼 필요는 없었다.
미숙한 신은 오기가 발동했다.
더욱 투자를 하기로 했다.

Chapter 4
졸업 시험

졸업 시험

"**다**미안은 여전한가?"

물어보는 목소리에 안쓰러움이 가득하다.

"나름대로는 열심히 하는데 결정적인 건 여전합니다."

답하는 이의 대답에 힘이 없다.

"빌어먹을, 거참. 다른 특이점은?"

"예, 축성술로는 발군이 된 지 오래이고, 테이밍 화법도 경지에 들었습니다. 중요한 건 마법 발현에서 들쭉날쭉하는 바람에 좋은 평가는 못 받고 있습니다. 공격 마법을 제외한 모든 과목에서 상위 3퍼센트 안에 들었지만……."

"당연하지. 군사 아카데미고, 철혈간담의 워 메이지를 만드는 곳이니. 거참."

"그리고 기기의 사용은 여전합니다. 오히려 즐기는 유일한 생도입니다. 그 때문에 말들이 많습니다."

"말? 그건 원래 없어도 만드는 것이고. 체술은?"

"그것도 참, 교관인 노기사도 건드리지 못하는 수준입니다. 대신 무조건 방어와 회피로 일관해서 노기사가 미치는 중입니다."

"그놈, 거참. 죽도록 노력은 하고, 결정적인 게 문제니."

"그 사건의 여파로 보기에는 너무 이상합니다."

"그렇지. 무언가 이상해. 그때 문신 오크가 분명하다 했는데 재료의 구입 경로는?"

"지금 알아내려 하고는 있지만 너무 늦었습니다. 공급한 용병단이 사분오열된 상태라 어디서 잡아들였는지 알아내는 데 시간이 좀 더 걸릴 것 같습니다."

"진정 뒷북이로군. 그때 알아냈어야지. 쯧쯧, 아이가 안됐어."

"그래도 죽을 노력을 했는지, 이번에 8회 차 시험에 도전합니다."

"흠, 노력파가 되었군. 가서 응원은 해주어야겠지?"

"그렇게까지 해줄 필요가 있을까요?"

"아냐, 우리 마법병단이 선발한 아이야. 나는 그날의 감동이 잊혀지지가 않아. 그 벅찬 희열! 내게 감정을 다시 찾게 해

준 고마운 아이야."

"그렇군요. 알겠습니다. 자리를 마련하겠습니다."

"자네에게는 어떨런지 몰라도 그 아인 나에겐 영원한 마나의 적자(嫡子)야."

"……."

'감정은 찾으셨는데 측은지심만 찾으셨군요. 휴, 아이는 지금 마나의 적자(賊子) 소리를 듣고 있습니다.'

*　　　　*　　　　*

아카데미 경내, 아담한 원형경기장.

평소 생도로 불리는 수련 메이지들이 맨손체조와 체술을 연마하던 장소가 현재 학년 말 실기 시험장으로 꾸며졌다.

시험은 보름째 치러지고 있다.

이미 이 주간 과목 별 필기와 개별 구술 시험이 진행되었다. 오늘은 제일 중요한 실기 시험이 있는 날이다.

채점관인 5써클 이상의 메이지들이 높은 단 위에 자리했다. 그들은 채점표를 체크하며, 한 명 한 명 불려 나오는 생도들의 기량을 꼼꼼히 체크하게 될 것이다.

채점관으로 위촉된 대부분의 고위 메이지들은 아카데미에 적을 두지 않은 외부 초빙 인사들이 대부분.

어쩌면 아카데미와 경쟁 관계에 있다고 볼 수 있는 여러 메이지 타워의 인사들이다.

정실을 배제한 냉정하고 객관적인 평가를 기하기 위해 채택된 아카데미의 오랜 평가 전통이다.

게다가 채점관으로 초빙된 메이지들의 수는 30명이나 되고, 모두 일정 간격을 두고 떨어져 있는 것에 더해 칸막이로 가려져 있다.

위촉된 메이지들 간에 사담도 나눌 수 없고 수신호도 불가능한 시험장 구조로 만들었다.

메이지 사회가 좁고, 학승과 학파에 출세가 좌우되는 폐단 때문에 생긴 시험장 풍경이다.

겉보기에는 평가의 객관성은 갖추어진 것처럼 보이기는 한다.

하지만 5써클 이상의 고위 메이지들이라면 캐스팅 동작만 보아도 저놈은 '누구의 새끼' 라고 쉽게 알아챘다.

어떤 학파의 학맥을 따르는지 알면 암묵적인 거래도 가능하다.

생도들 사이에서는 평가의 공정성을 놓고 심심찮게 의혹을 제기하는 말이 떠돌았지만 평가 시스템을 뒤집을 정도로 명확한 증거를 제시하지는 못했다.

게다가 올해 시험부터는 최고 점수를 준 5명과 최하 점수를 준 5명의 평가를 제외한 나머지로 평점을 준다 하니, 명확한 학승 관계에 들지 못한 생도들로서는 기대가 컸다.

객관적일 때 까다로운 실기 시험을 통과하고 싶은 마음들이다.

그렇게 몇 차례의 실기 시험이 원형경기장 내에서 치러졌다.

하지만 이제부터가 본격적인 실기 시험이다.

실기 시험 8회 차에 도전하는 생도들 차례가 이제부터.

8회 차에 도전하는 생도들이면 최소 10년을 아카데미에서 보낸 이들이다.

막말로 국가에서 기저귀까지 갈아주며 키운 인재들의 차례다. 채점관들도 이들의 순서가 되자 자세를 고쳐 앉았다.

그들로서도 긴장하며 눈여겨보아야 하는 인재들이다.

여러 메이지 타워에서 최고의 메이지가 이들을 가르치기 위한 교관으로 파견되었다.

넓게 보면 생도들은 자신들의 막내 제자들이기도 하다.

파견 메이지들과 자연스럽게 깊은 사승 관계를 맺은 생도들이 다수. 군사 아카데미에서 금지한 교관과 생도 간의 연계지만, 메이지 사회의 오랜 도제식 교육 전통 때문에 근절되지는 않았다. 나라에서 공들여 키운 인재를 메이지 타워에서 꿀꺽한다는 소리가 심심찮게 나왔다.

여하튼 생도들은 나라의 동량임에는 변함없다.

작게는 학파의 명운이, 크게는 나라의 흥망이 이들 손에 달려 있다 해도 과언이 아니다.

약간의 적막이 원형경기장에 흐르고,

마른 체구에 신경질적인 인상의 메이지가 장내로 들어섰다.

아카데미의 교수를 상징하는 군청색 로브에 가슴 부위에는 5개의 원이 이어진 작은 은제 브로치가 붙여져 있다.

실버 브로치로 나타난 이가 지도 교수 급임을 말해준다.

지도 교수의 이름은 닥슬란.

냉혹한 메이지로 생도들에게 까다로운 범위 마법을 가르쳤다.

아직 범위 마법이 무리인 생도에게는 숨이 턱턱 막히게 만드는 사신(死神).

닥슬란에게 잘못 걸려 마나 고갈을 경험한 이가 한둘이 아니다.

그 사신이 오늘은 시험 진행을 주관하는 역할을 맡았다.

시험 진행관으로 나타난 닥슬란이 시험 순서에 따라 생도를 호출했다. 목소리에는 별 감정이 묻어나지 않았다.

"생도 508호! 앞으로."

"생도, 508호!"

"지정된 자리로."

"508호, 위치로!"

"생도 404호! 앞으로."

"생도, 404호!"

"지정된 자리로."

"404호, 위치로!"

시험관의 호명에 총 5명의 소년, 소녀들이 원형경기장에 약속된 복창을 하며 들어섰다.

다들 특색 없이 짧게 쳐올린 머리에 공통적인 가죽 투구를 착용하고 있다.

복장도 엉덩이까지 내려오는 남색 반코트로, 아카데미 생도제복으로 통일되어 있다.

체구의 차이만 있을 뿐 시험에 임하는 생도들에게서는 차별될 수 있는 개성이 전혀 느껴지지 않는다.

시험에 임하는 모든 생도들이 이들과 같은 복장으로 시험에 임해야 했다.

그렇게 한 명의 소녀와 사 인의 소년이 긴장한 표정으로 표적이 등장할 정면을 주시하고 있다.

일 년마다 있는 공개 시험이지만 이들로서는 이번이 제일 중요한 행사라 하겠다.

일 년간의 고생이 단 한 번의 평가에 갈리기에.

다음 단계로 넘어가느냐, 유급하느냐가 오늘 하루의 평가에 달렸다.

공정한 만큼 냉정하다 못해 냉혹한 평가를 단상 위의 고위 메이지들이 내릴 것이다.

그리고 학과 간 암묵적 거래는 올해의 시험에서는 불가능에 가깝다.

최고 점수와 최하 점수의 의미가 없어지면서 거래 자체가 불가능하게 되었음을 이미 들어 알고 있다.

대다수 생도들이 환영했고 몇몇이 분통을 터뜨렸다.

왜 하필 올해부터냐고.

이렇든 저렇든, 지금 시험장에 나선 오 인은 단상 위의 채점관들과는 등을 지고 서 있지만 어깨를 펴지 못하고 있었다.

8회 차 실기 시험의 첫 시험조라 그런지 다들 경직되어 있다.

긴장이 안 될 리 없다.

아카데미에서 교육받은 연차가 높을수록 시험의 주제는 난이도가 높다.

심한 경우 목숨을 걸어야 할 경우도 있고, 불구가 되는 경우는 다반사다.

이들이 시험에 임했던 횟수는 7회나 되고 지금까지 모두 통과했다.

실기의 난이도는 점점 높아졌지만 통과한 후에 주어진 포상이나 대우는 최고였다.

그리고 드디어 대망의 8회 차 실기 평가다.

이번 평가를 무사히 통과한 생도에게는 청색 메이지 로브가 지급된다.

청색의 로브.

진남색 생도 코트를 벗고 청색 메이지 로브를 걸친다는 것.
같은 생도이면서 한 사람의 메이지로 인정받는 것이다.

그 증거로 청색 로브를 걸치는 순간, 생도 식당을 이용하지
않고 교수 식당을 이용할 수 있는 자격이 주어진다.

스승들과 동등한 대우.

아카데미 생도로서 최고의 영예라 하겠다.

그리고 메이지로서 로브를 걸치는 순간 국가에서 막대한
혜택이 부여된다. 지금 누리고 있는 특혜와는 비교가 안 된
다.

청색의 메이지 로브를 두르는 것은 국가에서 인정하는 메
이지로 인정받는 것이고, 그 증거로 생도 신분인 데도 작으나
마 국가 연공금이 지급된다.

국가에서 인정하고 보호하는 신분이 되는 것이다.

그래서 다들 8회 차 시험이 최대의 고비라 말한다.

7회 차 시험까지와는 질적으로 달랐다.

국가에서 보호하는 신분이 되는 만큼 누구나 납득할 만한
성취를 이 자리에서 인정받아야 하는 것이다.

게다가 본인이 조기 졸업을 원하면 받아들여진다.

하지만 대부분의 생도들이 10회 차 실기 시험을 통과하고
졸업했다.

10회 차 실기 시험을 통과하면 청색 로브의 소맷자락의 노란색 줄에 둘이 더해져 3개가 채워지고, 어디 가서도 당당한 워 메이지(전투 마법사:War Mage)로 인정받는다.

　현재 워 메이지는 메이지 사회의 정점에 선 자들.

　그리고 국가 주요 기관의 핵심에 위치한 자들이기도 했다.

　메이지 사회 내의 발언권이나 국가의 대소사에 지대한 영향력을 행사하는 이들이다.

　그 집단의 일원으로 첫발을 들이는 것이다.

　그렇게 워 메이지로 신대륙 사회에 첫발을 내딛는 것은 출세길이 보장된 것이라 하겠다.

　워 메이지가 되는 것은 신대륙 모든 왕국의 어린 메이지들의 꿈이자 염원이 되었다.

　그래서 메이지라 하면 으레 일반인들은 워 메이지만을 연상했다.

　8회 차 시험만 통과하면 조기 졸업 요건과 워 메이지로서 첫 단추를 채우게 되는 것이므로, 영예로운 문에 한발을 들이는 것이 된다.

　과연 이들이 영예로운 문을 열 수 있을지 관심이 집중되는 가운데 뜻하지 않은 방문객이 나타났다.

　실기 시험이 막 시작되려는 찰나, 원형경기장 상단에 8인의 새로운 인물들이 나타나 빠르게 자리했다.

　8인의 메이지가 걸친 로브는 형형색색으로, 신분을 상징할

만한 별 특징이 없었다.

메이지로서 편한 나들이 차림들이다.

하지만 몇몇 참관인들이 급히 자리에서 일어나 그들에게 경의를 표하기 바쁘다.

나타난 이들 중 '나라의 얼굴'이 아닌 자가 없다.

현재 나타난 8인은 현 국립 군사 아카데미의 시스템을 만든 장본인들로, 코우란 왕국의 지도부 중추에 있는 원로들이기에.

오래전에 모두 6써클을 마스터한 메이지들이기도 하다.

다들 100살이 넘은 몸들이지만 마흔 중반의 외모를 지니고 있어 겉보기에는 전부 건강한 중년인들이었다.

이들은 자리에 앉아 아는 척하는 이들을 무시하고는 원형 경기장 아래로만 관심을 보일 뿐이다.

아는 척하던 이들은 머쓱해져 자리에 앉고 만다.

경의를 표하는 기존 참관인들은 아카데미 정교수들과 초빙 강사들이다.

드문드문 귀족의회에 의석이 있는 귀족들도 보였다.

귀족들의 표정은 떨떠름하다.

참관인들의 수가 거의 일백에 육박하지만 파벌 별로, 이해 당사자 별로 흩어져 그 수가 많아 보이진 않는다.

자신들이 가르친 제자들의 성취를 보고 응원하기 위해 이 자리를 지키고 있는 자들이라기보다는 어떤 사안에 대한 확인 차 나와 있는 것이다.

그리고 머리를 맞대고는 소곤거렸다.

"처음부터 문제의 조군! 생도 609호라……."

"공사다망한 원로들에 대한 배려군!"

"직접 보고 판단하겠다, 이거지. 아랫사람 못 믿는 성질하고는."

"그 장치에 제일 적응을 잘하던 녀석인데, 정신적으로 문제가 있다고 하니 원로들이 직접 눈으로 확인하는 수밖에."

"강제로 주입시키니 어린 나이에 감당이 되었겠어?"

"그런 거겠지! 마나만 꾸역꾸역 밀어 넣는다고 워 메이지가 되나. 쯧."

"그래도 성과는 있잖아. 20살도 되기 전에 3써클 마스터에 준하는 마나량이라니… 일단, 괴물은 만들었어."

"마나 풀을 거친 놈치고 그 정도 아닌 놈이 어디 있나. 정신 상태가 문제지."

"쉿! 이제 시작이야. 얼마나 멍청하고 황당한지 보자고."

"음!"

참관인들도 지금 8회 차 실기 시험에 임하는 첫 조에 관심이 많다.

아니, 조원 중 단 일인이다.

다행히 첫 조다. 공사다망한 윗분들을 위한 배려인지 의도적인 조치인지는 알 바 아니다.

생도 609호.

오 인 중 누구인지는 모르지만 금세 표가 날 것이다.

뒷모습을 보아서는 누가 누구인지 알 수 없으나 곧 밝혀질 터. 알려진바 대로라면 추태를 보일 것이다.

"제1시험. 고정 과녁 격파!"

시험관인 닥슬란 교수의 외침이 있고.

오 인의 생도 정면에 나무 인형이 일어났다.

모습을 드러낸 고정 과녁은 구대륙 중장보병의 기본 무장을 하고 있다.

구대륙 특유의 두터운 중장갑에 상체를 완벽히 가리는 둥근 방패.

군사 아카데미다운 과녁 내용.

주적의 개념이 언제나 확실한 군사 아카데미라 하겠다.

우수한 제련 기술과 갑옷 제작 기술로 만들어진 갑옷과 방패가 구대륙 압제자들의 이와 같은 무장이다.

기사들의 강화 갑옷에 비하면 몇 등급 떨어지는 보호구지만 그나마도 귀한 신대륙이다.

중갑주를 입힌 나무 인형을 부수는 게 제1시험의 과제다.

생도와 과녁과의 거리는 33미터.

3써클 메이지들의 공격 마법 위력이 급속히 떨어지는 거리가 27미터임을 염두에 둔 거리라 하겠다.

"공격 개시!"

실시!

생도들의 복창.

닥슬란은 시작을 알리고는 3분짜리 모래시계를 뒤집었다.

주어진 시간 안에 주어진 과녁을 걸레로 만들어야 하는 시험이 시작되었다.

시험장에 들어설 때의 긴장한 모습은 사라지고 한 명을 제외한 4인의 생도가 준비한 마법을 과녁에 퍼부었다.

"윈드 컷터!"

"파이어 애로우!"

"워터 스피어!"

"에너지 볼트!"

각자에게 할당된 과녁 별로 생도들이 발현한 마법이 작렬했다.

색색의 강맹한 마법 발현체들이 과녁을 향해 달려들었다.

슈욱, 뻐벅, 펑!

쿠자작.

기음이 터지고 갑옷 과녁은 금세 걸레처럼 변했다.

하지만 갑옷을 비스듬히 가린 둥근 방패는 여전히 제 모습을 유지한 채다.

갑옷과는 재질이 다른 듯.

"이익!"

생도 중 일인의 입에서 불쾌한 신음이 새어 나왔다.

방패뿐 아니라 유독 자신의 과녁이 멀쩡해서이리라.

다른 생도들도 얼굴이 굳어졌다.

정도의 차이로 갑옷의 이음새가 너덜거렸지만 방패만은 형태에 변화가 없다.

'마방진(마법 방어진)!'

공격 마법을 펼친 생도들의 공통된 생각.

마력을 반탄시키는 마법 처리가 된 방패가 확실했다.

방패의 보호로 나무 병사도 기울어짐 없이 자리를 지키고 있다.

거리가 문제였다.

원형의 방패를 향해 다시금 마법이 난사되고.

생도들의 마법은 원형 방패에 집중되었다.

한데 오직 오른쪽에서 두 번째 있는 생도는 조용히 서 있기만 했다.

그 생도에게 할당된 과녁은 처음 나타난 그대로 멀쩡했다.

참관인들과 8인의 원로가 '오늘의 문제아'가 누구인지 확인하는 순간이었다.

문제아는 16살의 소년이다.

뒷모습은 알려진 나이에 비하면 큰 편에 속했다.

근육이 붙지 않은 늘씬한 체형이다.

일반인들이 두 끼를 겨우 챙겨먹는 시대다.

아카데미에서는 생도들에게 소량의 식사지만 하루에 다섯

차례씩 제공하며 키웠으니, 발육 상태는 같은 또래 집단에 비해 월등하다 하겠다.

군사 아카데미답게 체력 훈련도 강도 높게 시켜 외형만큼은 구대륙 귀족처럼 '후리 늘씬' 하게 만들었다.

가죽 모자 아래 드러난 푸른색이 은은하게 도는 흑발은 '그 장치' 를 거친 이들만이 가지는 특색이지만, 똑같이 경험한 다른 생도에 비해 정도가 선명한 편이다.

이 문제의 소년은 양옆의 동료들이 마법을 난사하는 와중에도 두 손을 늘어뜨리고 멀거니 서 있다.

주춤주춤 망설이는 모습이 멀리서도 느껴질 정도다.

채점관들이 의아한 표정을 띠기 시작했다.

오늘 위촉된 채점관들에게는 '문제아' 에 대한 사전 정보가 없다.

시험 진행관인 닥슬란은 추문이 알려지기 전에 나서야 했다.

아카데미의 명예가 걸린 일이다.

지도 교수인 자신의 명예 역시.

이 문제아 때문에 무리해 가며 시험 진행관을 자처했다.

문제아가 널리 알려져서 아카데미의 명성에 득될 것이 없다.

문제아는 죽여 버리고 싶을 정도로 싫었지만 자신은 마나풀의 사용을 지지하는 측이라 추문이 퍼지는 것을 최소한으

로 막고 싶었다.

남은 시간을 알려주는 척하면서 생도 609호를 다그쳤다.

평소의 감정을 담아 짜증이 넘치는 목소리가 절로 튀어나왔다.

"생도 609호! 30초 남았다."

"……!"

그제야 609호로 호명된 생도가 마법을 캐스팅한다.

닥슬란의 강압에 못 이겨 자신에게 할당된 과녁에 마법을 날리는 것처럼 되고.

"에어 피스트!"

문제의 생도는 간단한 1써클 공격 마법을 구현했다.

609호로 불려진 생도는 심장의 만들어진 4개의 테[○] 중 가장 큰 하나를 나선[∞]으로 꼬았다.

그리고 심장에 축적된 마나를 그 꼬아진 고리를 통해 외부로 뿜어냈다.

마나의 고리가 꼬이며 뿜아내어진 마나는 그 속도와 응축력이 배가되어 외부에 나타났다.

소리부터가 달랐다.

슈우욱—

펑!

주먹 형태로 유형화된 공기 덩어리가 갑옷과 방패에 작렬하고, 갑옷 과녁은 받침대째로 부러져 공중에 붕 떠서 10미터를 부드러운 포물선을 그리며 떨어졌다.

쿠웅.

"오~!"

나무 인형의 기본 기둥은 지름이 30센티미터인 마른 나무 기둥이다.

3써클 메이지가 1써클의 공격 마법을 가해 부러질 정도의 과녁이 아니다.

그것이 무엇을 의미하는지 채점관들은 바로 파악했다.

"음."

지켜보던 이들의 입에서 신음인지 탄성인지 모를 소리가 흘러나왔다.

간단한 1써클 마법의 위력치고는 파괴력이 넘쳐서가 아니다.

4써클 마스터도 이 정도 에어 피스트는 구사하지 못한다.

조용히 마나를 모으며 기다리다가 상식 밖의 위력을 609호 생도가 보여준 것으로 생각할 수 있겠지만, 군사 아카데미에서 집중적으로 가르치는 마법 기예(魔法技藝)임을 짐작하게 한다.

주춤거리고 머뭇거린 것을 고통을 참으며 이 한 방을 날리려고 준비한 것이리라 착각하고 만다.

현재 마법을 난사 중인 어느 누구도 과녁을 고정하는 받침 기둥을 부러뜨리지 못하고 있다.

과녁에 적중한 마법의 속력과 충돌 에너지가 얼마나 대단한지 느껴지는 대목.

독촉한 닥슬란은 어이없는 표정을 지었다.

'빌어먹을 609호!'

609호 생도는 늘 이런 식이었다.

위력적인 마법을 구사한 게 한두 번도 아니고, 깜짝깜짝 놀라는 것에 적응할 만도 하지만 좀체 신뢰가 가지 않았다.

꼭 지금처럼 윽박을 질러야 마지못해 실력을 드러냈다.

그리고 마법을 발현하고 나서 결과물을 대하는 태도도 불만이다.

지금도 아쉬운 표정이지 않은가.

채점관들과 등지고 서 있으니 망정이지 지금 짓고 있는 표정을 보았으면 어떤 평가를 내릴지 뻔했다.

'표정 관리해!'

지도 교수가 609호 생도에게 시험을 앞두고 한 처음이자 마지막 충고였다.

정말 미운 자식이다.

아니, 욕 나오는 '놈'이다.

동료들은 탈진에 가깝게 공격 마법을 퍼붓는데 단 한 방에 과녁을 날려 버렸다.

아직도 채점관들의 표정엔 놀라움이 떠나지 못하고 있다.

워 메이지의 기예가 분명하다 판단할 터.

마법 발현 시 마나의 응축과 가속은 워 메이지의 생명이다.

그러기 위해서 심장의 마나테를 꽈배기 틀듯이 꼰다.

나선[∞] 모양.

그 과정에 구현된 마법의 위력은 마나테를 꼬지 않고 발현된 마법의 위력과 비교가 불가능하다.

위력은 3배. 타겟에 접하는 속도는 4배 더 빠르다.

이도 평균치, 더 강력한 위력을 뿜어내는 워 메이지도 있다.

나선 테의 공격기!

워 메이지가 탄생하게 된 배경이다.

이 기술 때문에 써클이 높은 메이지라도 한 써클 낮은 워 메이지에게는 한 수 접어주어야 했다.

고써클 메이지라고 아무나 심장의 마나테를 꼬는 것은 아니다.

꼬는 과정에 상상을 초월하는 엄청난 고통이, 그리고 마나테가 끊어질 수도 있는 위험이 도사리고 있다.

마나테가 끊어지면 메이지로서의 생명은 그로써 끝.

마나테 하나가 끊어지는 것이지만, 메이지의 마나테는 유기적으로 연결된 하나의 연결 고리다.

테가 끊어지는 과정에서 메이지의 목숨뿐만 아니라 주변

에도 엄청난 피해를 입힐 수 있다.

테가 끊어진 메이지는 순간, 인간 폭탄이 되기도 했다.

워 메이지는 그만큼 자신의 목숨을 담보로 마법을 구현한다 하겠다.

하지만 워 메이지의 기술을 구사한 생도 609호의 표정은 통증을 호소하는 표정이 아니다.

무언가 고민스러운 감정이 얼굴에 넘쳤다.

그 나름의 고민.

'음, 4써클이 되면 제약이 안 보일 줄 알았는데, 약해진 정도뿐이구나. 쯧, 공격 마법을 발현하려면 여전히 마나테를 꼬아야 한다는 건데… 그래도 그나마 낫군.'

고민을 알 바 아닌 지도 교수는 그런 609호를 차갑게 외면하고 시험의 중지를 외쳤다.

주어진 시간이 다됐다.

"그만! 뒤로 오 보 물러나서 숨을 고르도록. 5분간 휴식."

생도들은 하얗게 탈색된 이, 벌겋게 달아오른 이 등 안색들이 가지각색이다.

하지만 모두들 질투 어린 눈빛을 609호 생도에게 주는 것을 잊지 않았다.

자신들도 마나테를 꼬며 워 메이지다운 위력적인 마법을 과녁에 퍼부을 수 있다.

하지만 시험은 아직 두 차례나 더 남아 있다.

극악한 고통을 동반한 워 메이지 기술을 일차 시험부터 남발할 수는 없는 것이다.

천재로 치부되는 그들로서도 한 번 마나테를 꼬고 나면 죽고 싶을 만큼의 고통이 밀려온다.

아무렇지도 않게 구사하는 누구와는 자신들의 처지가 달랐다.

"흥, 같잖아서."

609호 생도 오른편의 여생도가 기어이 한마디 하고 만다.

붉은 머리의 605호 여생도.

큰 키에 신경질적인 눈매를 가진 눈부신 미소녀다.

눈에 확 들어오는 아름다운 소녀지만, 성격이 여간 까탈스럽지 않은 게 인상에서 표가 났다.

609호와 같은 나이, 같은 시기에 입교한 동기지만 609호에게 노골적인 불쾌감을 드러냈다.

그녀로서는 약점투성이에 기복이 심한 609호와 같이 시험에 응하는 것 자체가 불만일 수밖에 없다.

완전히 똥 밟은 경우다.

도움이 안 되는 놈으로 널리 알려진 생도다.

7회 차 시험까지 어떻게 통과했는지 의문투성.

그리고 이제부터가 문제다.

이후의 실기 시험은 5인이 한 팀이 되어 치러지는 시험들이다.

그 점 때문인지 여생도와 마찬가지의 생각을 가진 나머지 생도들이다.

지도 교수가 호명하기 전에는 누구와 한 조가 될지 알지 못한다.

609호, 저놈과 한 조가 안 되기를 8회 차 시험을 준비하는 생도들은 모두 기원했다.

그러다 609호가 호출되고 같은 조에 편성되자 억울한 감정이 얼굴에 그대로 드러났다.

609호와 한 조가 되는 순간, 동료들의 동정의 대상이 아닌 같은 비웃음의 대상이 되고 말 것이다.

그들이 불려 나가고… 안도하는 남은 동료들의 얼굴이 생각날 수밖에 없었다.

'너희들은 당연, 공동 유급이야!! 하하하!'

숨을 고르는 지금도 다들 똥 밟은 표정이다.

이제 한 팀을 이루어 시험에 응해야 하는데 그 어려운 시험을 한 명이 줄어든 4명이서 치러야 하기에.

조별 시험에서 좀 전처럼 609호에 가한 지도 교수의 독려는 불가능하다.

조별 실기 시험은 생도들의 힘만으로 헤쳐 나가야 했다.

그리고 이후 시험에서 누가 독촉한다고 609호가 응할지도 의문이다.

"저 개자식 때문에 유급되면 저 개자식을 죽여 버릴 거야!

캐애~자식."

숨을 고르는 이들 중 덩치가 제일 큰 404호 생도가 시험이 끝나지도 않았는데 벌써부터 이를 갈았다.

다른 생도들보다 나이가 세 살이나 많고, 생도 번호로 보아 609호보다 2년 먼저 아카데미에 입학했음을 알 수 있다.

404호는 6회 차와 7회 차 실기 시험에 각각 한 번씩 떨어졌다.

그것을 조별 실기 시험에서 덜떨어진 동료를 만나서라고 입버릇처럼 이야기했다.

사실일 수도 있지만 심할 정도로 동료의 무능에 대한 피해 의식을 자신에게 부여한 것만은 확실했다.

"404호! 덩칫값 좀 해. 없는 셈 치기로 했잖아. 시험 대상으로 무엇이 나오든 내 뒤를 받쳐 줘."

제일 먼저 호명된 508호가 404호의 으르렁거림을 중지시켰다.

508호는 작은 체구에 어울리지 않게 담대하고 리더십이 뛰어나다고 알려진 생도다.

눈매가 가늘고 매섭다.

404호가 508호가 나서는 데 무어라 불만을 표하려는 순간, 508호는 다시금 모두에게 주지시켰다.

"나와 404호가 나설 테니 양옆을 605호와 603호가 보조하는 거야. 우리 4명이서 충분히 할 수 있어."

'4명'에 강한 힘을 주고 말하는 508호 생도.

그냥 뱉는 말이라도 어떤 단어에 힘을 주어야 주위의 관심을 끄는지 잘 아는 소년이다.

508호의 경우는 그런 쪽으로 나름의 훈련을 했다.

그래선지 508호는 빠르게 조원들의 위치 지정부터 했다.

그리고 우리끼리 잘할 수 있다는 자신감을 생도들에게 불어넣었다.

아카데미에서 내놓은 609호를 상대할 시간이 없다는 투다.

그 점에서인지 508호의 리더 행세를 모두들 선선히 받아들였다.

404호도 그만 입을 다물었다.

그렇다. 508호가 언제 언질을 준 적은 없지만 지금부터 609호는 없는 셈 치면 되는 거다.

609호를 제외하고 4인의 생도가 뭉쳤다.

노골적인 따돌림에 609호는 욱하는 감정이 울컥 올라왔지만 참을 수밖에 없었다.

억울한 심정과 분노로 피만 뜨거워졌다.

피가 부글부글 끓었다.

억눌러진 야수성이 폭발하기 일보 직전.

'개새끼들! 나도 고통스럽다!! 너희들이 마나테를 꼬지 않고는 마법이 발현되지 않는 내 처지를… 이해할 리 없지! 그래, 이해도 바라지 않는다. 그러나 죽고 싶은 고통을 감내하면서 이룬 내 성취를… 무시하지 마라! 너희들이나 나나 마찬가지다!! 숨이 막혀 죽고 싶은 것은! 그렇지만 이건… 이익, 제기랄.'

마음속으로만 터지는 억울한 외침.

그리고 터뜨리지 못하는 야수성.

마나테를 꼬는 순간엔 누구나 숨이 '터억' 멎는다.

아니, 누군가가 심장을 쥐어짜는 듯하다.

그렇다.

자신도 마나테를 꼬울 때마다 '죽음'을 경험했다.

그리고 인상을 일그려 마나테를 꼬기가 힘든 걸 대놓고 표낼 수도 있다.

하지만 이미 그 단계는 이미 극복한 자신이다.

자신은 숨이 다시 돌아오면서 느끼는 안도감을 생각하기에 평온할 따름.

이는 어느 누구보다도 일찍 '죽음의 공포'를 뛰어넘었기에 가능했다.

진정한 철혈의 워 메이지답게 공포를 이겨 멀쩡하고 담담하게 보일 따름.

자연, 고통을 감내한 다음에 느껴지는 쾌감에 의지할 수 있었다.

그러나 이 나이에 죽음의 공포를 뛰어넘었음을 그 누구도 알지도, 아니, 인정도 안 했다.

자신은 아카데미에서 내놓은 부적응자이기에.

이는 왜?

오직 생도 609호만의 제약이 있어서다.

자신의 성취를 이룬 원동력이면서 부적응자로 매도되게 만든 자신만의 제약.

공격 마법 발현 시 신체 내부에서 불현듯 나타나는 '마나 잠금' 현상.

불현듯 떠오르는 기이한 문양의 중첩!!

이를 타파할 유일한 방법은?

마나테를 꼬아야만이 극복되는, 자신만의 마법 발현 시 제약.

다른 이들보다 백배 이상 죽음의 선을 오락가락했다면 과연 과장일까?

단연코 아니다!

실제 그런 노력을 했고, 생도 중 어느 기수를 막론하고 4써클에 오른 성취를 일군 것이 바로 그 증거.

그 마나 잠금을 이기고 마법을 발현하려면 죽음의 공포에 맞서야 했다.

그 죽음의 공포를 이겨내야만 마법이 발현 가능했다.

심장이 찌그러지는 고통, 몸이 터질지도 모른다는 공포, 발현 후에도 이어지는 또 다른 극통!

이 모두를 이겨내고, 죽을 고비를 수차 넘겼다.

최종 시험이 될 수도 있는 8회 차 시험에 그냥 올라온 게
아니다.

엄청난 모욕과 질시, 그리고 죽음의 공포를 직시한 결과물.

하지만 간단한 1써클 마법조차도 죽음의 공포를 딛고 뭉개
고 일어서야만이 가능했음을 누가 알 것인가.

자신의 마나 잠금 현상을 과중한 스트레스에 대한 도피로
판단하는 아카데미 성원들에게는 이미 질린 상태.

변명이, 엄살이 통하지 않는 군사 아카데미.

개인의 특이성, 개성은 당연히 무시되고 없다.

워 메이지라는 불굴의 군인을 양성하는 곳이기에…….

생도 609호.

부글거리는 피의 끓어오름을 죽음을 바라보았던 냉정함으
로 간신히 가라앉혔다.

"휴우웃~"

이렇게 작게나마 심호흡하며 달려나가려는 야수를 잠재웠
다.

어쨌든 자신이 저들의 걸림돌임은 확실한 사실이다.

학기 중에도 몇몇 과제를 제외하고는 자신이 속한 조별 과
제에서 자신 때문에 낭패를 본 생도들이 다수다.

그리 큰 원망거리를 제공하지 않았음에도 노골적인 불만
을 자신에게 퍼부었다.

609호는 아무런 항변도 하지 않고 고개를 돌려 그런 그들

과 거리를 두고 떨어졌다.

이제 와서 자신의 제약, 그로 인한 기복을 어쩌란 말인가?

애당초 설명이 불가능한 제약이 자신에게 있음을…….

'마나테를 꼬아야만 마법 발현! 제기랄이다!'

                   *   *   *

4인의 생도가 작전을 짠다고 의견을 교환하자 시험관인 지도 교수가 급히 다가왔다.

"곧 제2시험이 시작된다. 마력이 달리면 허용된 아티펙트를 사용해도 좋다. 대신 일정 부분의 감점이 따른다. 아티펙트의 사용을 신청하고 싶은 사람?"

"……!"

이번 시험부터는 사람이 다칠 수도 있는 실전 실기라는 통고다.

위험한 시험에 한해서는 아티펙트의 사용이 허용된다.

그리고 사용할 수 있는 아티펙트는 아카데미 공용 아티펙트로 한정되어 있다.

609호를 제외한 4인의 생도는 잠시 생각하는 표정을 지었다.

마지막 시험이 실전 실기인 줄 알았는데 바로 다음부터 실전 실기라 하자 다들 긴장하는 눈치다.

강약의 차이는 있겠지만 실전 실기가 두 번 연이어 있는 셈이다.

잠시 후, 508호 생도가 605호 생도에게 눈짓을 보냈다.

605호 생도는 508호가 무엇을 말하려는지 알아챘다.

받아들이기는 싫지만 4명이서 과제를 헤쳐 나가려면 받아들여야 했다.

한 명이 빈 상태이니 어쩔 수 없었다.

"칫."

안색이 헬쓱한 605호 여생도가 손을 들어 아티펙트 사용을 신청하고 만다.

"어떤 아티펙트를 원하나?"

"마나 채움 기능이 있는 팔찌를 부탁합니다."

"좋아."

닥슬란은 로브 속에서 새끼손가락 굵기의 은팔찌를 꺼내 여생도에게 건넸다.

건네진 마나 채움 팔찌는 제일 많이, 또 널리 사용되는 아티펙트였다.

605호 여생도는 팔찌를 차고는 잠시간 심호흡을 크게 했다.

아름다운 소녀가 콧구멍이 보기 흉하게 벌름거렸지만 누구 하나 인상을 찡그리며 개의치 않았다.

아티펙트를 활성화시키려면 저 정도의 요란은 기본이다.

잠시 잠깐이지만 여생도의 창백한 안색이 서서히 밝아졌
다.

은팔찌에는 평소보다 3퍼센트 더 빠르게 마나가 채워지는
기능뿐이지만, 마나가 바닥난 상태가 아닌 여생도로서는 그
런대로 도움이 될 터이다.

반대로 다부진 체구의 508호는 인상이 미미하게 구겨졌다.

여생도가 아티펙트를 신청한 것은 좋았는데 감점이 제일
적은 아티펙트를 신청해서다.

자신이 원한 아티펙트는 이것이 아니었다.

508호가 바란 것은 여생도가 공격 마법을 증가시키는 아티
펙트를 신청하기를 바랐다.

감점은 많겠지만 감수 못할 정도는 아닌 아티펙트다.

여생도는 물 계열의 마법에 능했는데, 그리 위력적이지 않
아 보였다.

콕 집어 이야기하지 않은 게 후회되는 508호다.

여생도가 은근히 자신의 리더십에 불만을 표한 것이라 하
겠다.

하기야, 서로 언제 보았다고 리더 행세인가.

"휴식 시간이 다 됐군. 그럼 건투를 빈다."

"옙!"

동시에 복창하는 4인의 생도.

지도 교수도 609호를 외면한 채다.

곧 609호의 추태가 드러날 것이기에 관심을 끊었다.

자신의 가르침에 문제가 없음은, 첫 시험에서 여러 인사들에게 확인시켰다.

자신은 할 만큼 한 것이다.

이후의 추태는 609호만의 개인 문제고, 그 자신의 책임이다.

"제2시험 이동 과녁 격파. 표적 앞으로!"

닥슬란은 반대편 큰 문에 대고 외쳤다.

그리고 8분짜리 모래시계를 뒤집고는 원형경기장 건물 내부로 사라졌다.

두 번째 시험에서는 609호를 옥박지를 사람이 없는 게 확실해졌다.

생도들이 자리한 반대 방향의 큰 문이 천천히 열리고,

쿵쿵!

쿵쿵거리는 소리를 내며 거체의 실루엣이 드러났다.

드러난 이동 과녁은……

움직이는 돌덩어리.

"엇, 스톤 골렘!"

"젠장, 마력을 쥐어짜려는 시험이야!"

5미터의 돌덩어리 거인이 생도들에게 다가왔다.

지금 나타난 스톤 골렘은 다리 부위는 짧고 팔 부위는 기형적으로 긴 형태를 가진 모습이다.

다리로 걷는다기보다는 두 팔로 땅을 짚으면서 이동했다.

신대륙의 말썽꾼, '자이언트 비비' 같은 이동 모습.

땅을 울리는 소음은 손바닥이 땅을 짚으면서 나는 소리였다.

움직이는 돌무더기를 자세히 보니 생도들이 원형경기장에 휴식을 취할 때 사용하던 돌의자와 돌 탁자가 뭉쳐져 있는 것이다.

그러고 보니 골렘이 나온 문도 휴게실이 있는 방향이다.

"니멀, 시원하다고 잘도 드러누운 석탁인데 다음부터는 마음 편히 눕지 못하겠는걸."

말수가 적은 603이 농담조로 투덜거렸다.

603호 생도는 아무 특징이 없는 평범한 외모의 소년이다.

어디 내어놓아도 흔한, 존재감이 미약한 소년이지만 같은 학년 중 상위 10위 안에 꼭 들어가는 수재다.

요란하고 시끄러운 404호보다 실력이 나을지도 모른다는 생각이 다른 조원들의 뇌리를 공통적으로 스쳐 지나갔다.

그나마 조원 중에 있어서 위안이 되는 유일한 존재.

위험 앞에서 담담하게 농담이 나올 정도의 여유는 아무나 부리는 게 아니다.

그러는 사이 20미터 앞까지 스톤 골렘이 다가왔다.

상식에 비추어 보건대 상당히 느린 움직임을 보여주고 있다.

크기에 비해 골렘을 움직이는 마나 핵의 마력이 작은 것이다.

이동 표적이라고 등장한 스톤 골렘은 아주 천천히 무게감을 충분히 과시하며 움직였다.

508호가 리더를 자처하며 나섰다.

"느리지만 구성물이 많다. 감추어진 핵을 찾기가 어려운 목표야. 내가 가슴 위를, 404호가 가슴 아래를, 603호가 오른팔을, 605호가 왼팔을 집중적으로 공격하는 거다. 마력을 아껴야 한다. 동시에 같이 공격하는 거다!"

"좋아!"

동감이다.

지시는 적절했다.

마지막 실전 실기를 위해 생도들의 마력 고갈을 염두에 둔 과제임이 틀림없다.

이런 경우, 마력을 아끼며 508호의 판단대로 부위를 나누어 동시 공격을 퍼붓는 게 합당했다.

4인의 생도들은 공격하기 쉬운 위치로 빠르게 흩어졌다.

여전히 609호는 내버려 둔 채다.

"3, 2, 1, 공격 개시!"

생도들은 골렘의 핵이 있을 법한 곳을 나누어서 각자가 자신있는 공격 마법을 퍼부었다.

각기 다른 마법 영창이 터지고 형형색색의 공격 마법이 골

렘의 신체 부위에 골고루 작열했다.

펑!

우르르, 쿵!

느리게 움직이던 스톤 골렘은 그 자리에서 신체 부위 별로 떨어지며 무너졌다.

마력이 약하고 급조된 골렘이라 잘 부서졌다.

하지만 골렘 특유의 복원력으로 척척거리며 떨어진 신체 부위가 붙어 나갔다.

느린 이동 속도에 비하면 빠른 복원력이다.

과녁으로 특화된 스톤 골렘임이 확실했다.

508호가 크게 물었다.

"누구 골렘 핵 봤어?"

"아니! 두세 번은 더 반복해야 되지 싶은데~"

404호의 대답이 508호의 반대편에서 울렸다.

"좋아, 다시 한 번 더 해보자고."

느려 터진 골렘에 맞아 죽을 염려는 없다고 느꼈는지 스톤 골렘이 처음 등장할 때보다 다들 여유가 생겼다.

죽으라는 법은 없었다.

실전 과제지만 그리 어려운 과제는 아니다.

4명의 생도는 다시금 골렘과 거리를 두고 흩어져서는 자신이 맡은 신체 부위 중 공격 안 한 부위를 찾아서 공격 마법을 캐스팅했다.

골렘은 이제 막 처음 나타난 그대로의 모습을 갖추었을 때다.

"3, 2, 1. 공격!"

각자의 마법이 발현되고,

슈우욱~ 퍼펑!

다시금 공격 마법이 스톤 골렘에 작열하며 골렘은 산산이 부서져 돌의자와 돌 탁자로 흩어졌다.

하지만 이번에도 마나핵을 찾지 못한 생도들.

돌덩이에 새겨진 마법진이 은은한 빛을 내며 다시금 뭉쳐졌다.

이에 생도들도 끈질기게 도전했다.

그러기를 8차례.

스톤 골렘이 무너지고 다시 일어서기를 8번 반복했다.

시간은 불과 3분이 지났을 뿐이다.

골렘을 이루는 마나 핵은 좀체 드러나지 않았다.

제일 먼저 605호가 지쳐서 헐떡거렸다.

느려 터진 골렘이지만 구성체를 뭉개려면 저급한 공격 마법은 통하지 않는다.

좀 전 8번째 동시 공격에서 605호가 맡은 골렘의 신체 부위는 흩어지지 않았다.

마력이 고갈되어 더 이상 공격 마법의 위력이 먹히지 않은 것이다.

자신이 맡은 골렘의 왼팔이 멀쩡히 땅을 디디고 서 있자,

"칫!"

자존심에 상처받은 605호다.

마나 채움 아티펙트보다 공격력을 높이는 아티펙트를 택했어야 했다.

이제부터 휴식을 취하지 않는 이상 파괴력 높은 마법을 펼치기가 요원하다.

가녀린 소녀로서 이때까지의 공격 마법을 보조한 것도 대단하다 하겠지만, 이곳은 괴물을 만들어내는 군사 아카데미다.

생도 중 이 정도 성취를 기특하다 칭찬하고 평가할 메이지는 없다. 그저 평균을 상회할 정도의 실력.

게다가 일반 도제식 사사를 하는 메이지 중에서도 이 정도 성취를 자랑하는 영재가 있다는 소문은 쉽게 들을 수 있다.

현재는 군사 아카데미의 정책에 반하여 인재를 키우는 메이지 타워가 수두룩하다.

"허헉, 젠장! 30초 쉬고 동시에 공격하는 거다."

마지막 시험을 위해 힘 조절을 하기로 508호가 결정했다.

여생도가 얼굴을 붉히며 고개를 끄덕였다.

508호가 내뱉은 '젠장' 이라는 말이 자존심을 긁었다.

508호의 빠른 상황 판단.

무너뜨리지 않으면 숨은 핵이 드러나지 않는 게 골렘이다.

한 번이라도 동시에 무너뜨려 마력을 공급하는 핵을 찾아야 했다.

그런데 드러날 만도 한데 보이지 않았다.

4인의 생도는 여전히 609호의 존재를 잊고 숨 고르기에 들어갔다.

8번이나 연이은 마법 연사는 모두에게 힘든 일이다.

그때, 그들의 뒤에서 존재가 잊혀진 609호가 지나가는 듯한 어투로 의견을 내어놓았다.

대놓고 따돌려서 싫지만 눈에 보이니 어쩔 수 없었기에.

'에라이 맹추들아! 골렘 복구 시 시간 계산은 기본 중에 기본이다. 공부 좀 하지!'

늘 한발 물러선 방관자였기에 후들거리는 당사자보다 보는 폭이 넓은 609호.

"이번에 골렘의 복원이 3초 빠르게 복원되었다. 핵이 있는 부위가 무너지지 않았다."

"......!"

하지만, 605호와 404호가 609호의 참견에 발끈했다.

"평~신 새끼! 뭐라는 헛소리야?"

"늘 그 · 렇 · 듯 · 이, 가만있으시지!"

둘이 609호에게 사납게 으르렁거렸다.

이빨이라도 튀어나올 듯.

반면에 603호는 달랐다.

자신이 생각하던 미세한 차이를 609호가 콕 집어 말한 것이다.

'음, 과연 해결사 609호다! 언제나 시야가 넓었지.'

"아냐! 왼팔을 뒤집어보자. 골렘이 무너질 때 손바닥 부위는 늘 땅바닥에 붙어 있었다. 이때까지 땅에 붙은 바닥 면을 본 기억은 없다."

"음!!"

"……"

603호의 의견에 인상을 구긴 508호가 고개를 끄덕이며 동의했다.

"이 쌍, 없기만 해봐!"

404호는 이빨을 갈며 으르렁댔다.

"칫."

반면 605호는 자신이 맡은 부위에 가능성이 있다 하자 자신의 무능력으로 알아낸 사실이라 불쾌감이 배가되어 볼을 부풀렸다.

화내는 것도 예뻐야 할 나이인 데도 여간 밉게 보이는 게 아니다.

"모두 왼 손바닥이다. 공격!"

508호는 605호가 회복되기를 기다리지 않고 바로 확인에 들어갔다.

508호는 은연중 605호를 제외했다.

천천히 움직이던 스톤 골렘의 왼팔에 3가지 공격 마법이 떨어졌다.

수욱—

퍼쩍!

스톤 골렘의 왼 손바닥이 부서지며 골렘이 왼쪽으로 기울어지며 무너졌다.

쿵!

그리고 신기하게도 움직임이 멎었다.

복원하려는 기미도 없다.

"아!"

왼 손바닥에 골렘 핵이 있었던 게 맞았다.

운 좋게도 이번 공격에 손바닥을 뒤집어볼 것도 없이 석재 속의 골렘 핵이 파괴된 것이다.

4개의 공격 마법이 집중되었으니 그럴 만했다.

404호가 손을 흔들며 좋아했다.

"하, 진짜네!"

기쁨도 잠시.

그그극.

다시금 들리는 돌 끌리는 소리.

무너진 골렘이 다시 살아나기 시작했다.

하지만 종전과는 달랐다.

왼팔이 없는 외팔이 상태다.

골렘은 오른팔 하나로 천천히 바닥을 디디며 거체를 다시 일으켰다.

골렘 핵을 파괴해 과제를 완수했다는 감격도 잠시,

603호가 투덜거렸다.

"허, 이중 핵을 가진 골렘이었군. 이번에는 오른 손바닥이다 이거지… 아주 마력을 쥐어짜는군!"

603호의 말이 맞았다.

"마력 쥐어짜기!"

508호의 허탈한 답.

이번에는 오른팔에 집중해서 오른 손바닥을 파괴해야 했다.

다시금 생도들의 공격 마법이 골렘의 오른 손바닥에 작열했다.

파자! 쿠궁!

시험장에는 충돌 소음과 돌가루가 난무했다.

하지만 오른 손바닥을 이루는 돌의 재질은 왼 손바닥과 다른지 5번의 집중 공격을 받고서야 부서졌다.

주(土) 핵이 감추어진 석재라 달라도 확실히 달랐다.

숨을 고른 605호의 공격이 가세하고 나서야 파괴되었다.

"헉헉."

다들 핼쑥한 얼굴로 가쁜 숨을 몰아쉬며 대기했다.

4인의 생도가 스톤 골렘을 정지시키자마자 닥슬란이 나타났다.

모래시계를 보고는 채점관을 향해 크게 알렸다.

"남은 시간, 4분입니다! 시간 참고하십시오."

두 번째 실기 시험에서의 채점 기준은 문제 해결에 걸리는 시간도 고려하는 듯.

닥슬란이 숨을 헐떡거리는 생도들에게 다가와 통보했다.

특유의 감정이 없는 듯한 어투.

"남은 4분에 십 분간의 휴식 시간이 주어진다. 마력을 보충하기에는 빠듯하지만 빨리 마력을 보충하도록. 감점을 감안하더라도 아티펙트의 사용을 권하겠다. 마지막 시험은 그만큼 위험하다. 매년 해마다 방법이 다르지만, 윗분들은 생도들의 한계를 보고 싶어 한다."

"……!"

마다할 수가 없다.

508호가 먼저 나섰다.

나른함과 무기력증을 참는다고 참고 있지만 마력은 이미 바닥을 드러내고 있다.

마력이 바닥인 상태에서 다시 채우려면 시간이 많이 걸린다.

14분의 시간으로는 턱없이 부족하다.

최소한 1시간은 주어져야 공격 마법다운 마법을 펼칠 수 있다.

급했다.

"아티펙트로, 마법 공격력을 높이는 마력 증폭 아티펙트를 신청합니다. 그리고 마나 전이를 이용해도 될런지요?"

"마나 전이?"

"예!"

"내가 마나 전이를 해줄 수는 없다. 같은 조원끼리 마나 전이를 사용하는 것은 규칙에 어긋나지 않는다. 하지만 순순히 마나 전이를 해줄 조원이 있을까?"

"하게 만들어야지요!"

"좋아, 조원들끼리 의논하도록. 마력 증폭 팔찌다."

지도 교수는 붉은 기운이 도는 금속 팔찌를 508호에게 건넸다.

508호가 많은 감점을 감수하고 아티펙트를 선정하자 404호와 603호도 마력 증폭 아티펙트를 선택했다.

이 붉은 마력 증폭 팔찌는 마법 공격력을 3퍼센트 더 높여주는 마법 물품이다.

마나 채움 팔찌보다 만들기도 어렵고, 마나석이 팔찌 내부에 숨겨져 있는 고가품이다.

아티펙터라 불리는 많은 알케미 메이지들이 이 아티펙트의 개선과 생산에 몰두하고 있다.

아티펙트만으로 워 메이지 같은 위력을 내는 아티펙트를 만드는 것이 알케미 메이지들의 원대한 목표다.

그런데 생도들은 마력 증폭 아티펙트를 택했다.

마력이 바닥난 상태에서 공격력을 높여주는 아티펙트를 선택한 것이다.

닥슬란은 의미심장한 눈빛을 508호와 교환하고는 자리를 비켰다. 눈빛이 모든 걸 말해주었다.

지도 교수가 사라지자 508호는 609호에게 다가갔다.

609호는 닥슬란과 508호가 나누는 대화를 이미 들었다.

둘이 문답식 대화를 했지만 느낌은 609호에게서 마나 전이를 받아라였다.

'망할!'

느낌은 정확했다.

꼭 집어 지시하지 않아도 그 정도 눈치는 다들 있다.

"609호! 마나 전이를 부탁한다. 채점관들이 어떤 평가를 내릴지는 몰라도 우리는 이번 시험을 통과해야겠다."

"음!"

말을 돌리거나 달래지 않고 당당하게 요구하는 508호.

마나 전이(轉移).

마력이 높은 메이지가 마력이 고갈된 하급 메이지에게 마력을 불어넣어 주는 마력 기예 중 하나다.

이 경우 물의 흐름처럼 높은 곳에서 낮은 곳으로 마나 전이

가 자연스럽게 이루어진다.

스승이 제자의 기초를 닦아줄 때 자주 사용한다.

여기서 반대로 마력이 낮은 메이지가 성취가 높은 메이지에게 마나 전이를 시도하면 성취가 낮은 메이지의 마나가 모두 성취가 높은 메이지에게 빨려 나간다.

이때는 아주 위험하다.

빈 우물에 큰 양동이에 든 물을 붓는 것과 같은 이치다.

빈 우물이 양동이의 물을 붓는다고 채워질 리 없다.

깊은 빈 우물 속으로 양동이째로 삼켜 버려질 수 있으므로.

그러면 서로 비슷한 성취를 이룬 경우라면?

고갈된 쪽과 풍부한 쪽의 마나가 평평해질 때까지 이루어진다.

같은 3써클이니 반으로 나누자는 508호의 제안이다.

"그래, 넌 구경만 했잖아. 네가 거들지 않은 만큼 우리의 마력이 바닥났다. '마나 탱크' 역할이라도 해라!"

404호가 으르릉거리며 거들었다.

맡겨놓은 물건 취급이다.

눈알을 불량스럽게 아래위로 희번덕거렸다.

'허, 이것들이… 그러나 508호의 계획은 군인다운 결단. 부탁하려면 공손히 하라고 말하고 싶지만, 시간이 촉박한 게 흠이군. 쳇, 개 대가리에 개 눈을 하구선.'

609호는 고개를 끄덕였다.

이는 윽박지름에 의해서가 아니라 자신의 판단.

자신의 냉정한 계산에 의해서다.

다음 시험에 골렘보다 더한 것이 나올 것이 뻔한데 이렇게라도 도움을 주고 싶었다.

단지 졸업을 위해서.

지금 끝이 난 과제에서는 자신이 스톤 골렘을 향해 공격 마법을 날릴 수도 있었다.

움직이지만 살아 있는 생물이 아니기에 거들고 싶었지만 방위가 차단되어 할 수 없었다.

508호의 판단이 너무 앞서갔다 하겠다.

이들의 마나 고갈은 508호의 성급한 리더십에 기인한 점이 크지만, 그런 판단을 하도록 꾸준한 정보를 제공한 쪽은 바로 자신이다.

하지만 이후로 이 일이 알려지면 말 그대로 마나 탱크로만 나서야 할지 모른다.

마나 탱크.

메이지라면 누구나 하기 싫어하는 역할 중 하나가 아닌가.

게다가 이들은 모르고 있다.

자신이 4써클에 갓 입문했음을.

하지만 이후의 일은 이후에 일.

'그래, 일단 졸업부터 하고 보자! 졸업해서 아카데미를 벗어나, 나를 옭아매는 이 제약을 극복할 방법을 찾는 거야. 나

자신을 위해서… 참는 거다. 참자!

이들에게 도움을 주기로 결정한 609호.

"누구부터?"

609호가 응하자 508호가 생도복의 상의를 벗어젖혔다.

404호도 나서려 했지만 골렘을 공격하면서 508호의 공격력이 자신보다 한 수 위임을 알고는 순서를 양보했다.

마지막 시험이 대충 어떤 내용인지 짐작이 가서였다.

609호의 손바닥이 508호의 심장 부위에 닿았다.

심장은 마나테를 담은 마나홀이 있는 부위.

마나 전이는 맨살과 맨살이 닿아야 했다.

609호는 눈을 감고는 자신의 넘치는 마력을 508호의 심장 마나테에 불어넣었다.

역시, 508호의 마나테는 마력이 고갈되어 고리가 선명하지가 못했다.

그렇다고 마나테를 못 찾을 정도는 아니었다.

완벽한 마나 고갈 상태는 아니지만 마나 고갈 직전까지 몰려 있었다.

역시 이 정도면 간단한 마법조차도 발현하지 못한다.

마력 고갈 직전의 수준이라도 드러누워야 정상인데, 할 말다하는 508호는 의연한 독종이라 하겠다.

3분의 시간이 흐르고,

마나 전이는 순조로웠다.

진정한 의미의 마나 고갈 상태가 아닌 마나 고갈 직전이었기에 빨리 끝이 났다.

508호의 마나테가 선명해졌다.

마력이 반 정도 찬 상태가 되었다.

여기서 마나 전이를 그만두더라도 마나가 저절로 차오르는 한계점은 넘어섰다.

더 이상은 609호도 힘들다.

508호의 수준이라면 강력한 공격 마법을 5회 정도는 펼칠 수 있는 양을 609호가 채워준 것이다.

609호가 508호의 심장에서 손을 거두었다.

508호는 마주 앉은 상태에서 눈을 감고 마나가 채워진 마나테를 열심히 돌렸다.

이 상태를 '테를 돌린다'는 표현을 쓴다.

지금 정도의 마력이면 자력으로 채워 나갈 수 있다.

시험 시작 전까지 공격 마법을 6회 정도 펼칠 마나량이 모아질 것이다.

609호는 508호에게서 물러나며 이마에 맺힌 땀을 닦아냈다.

남에게 마력을 전달하는 건 쉬운 일이 아니다.

심한 경우는 생명을 걸어야 하는 기예다.

지금은 경험이 많은 것도 아니라서 필요 이상의 마나를 낭비한 것도 하나의 이유다.

그런 곤란한 609호 앞에 404호가 가슴을 들이밀었다.

"음!"

404호의 불량한 두 눈이 어서 하라고 뒤룩거렸다.

그 뻔뻔함에 609호는 화가 치밀었지만 참고 마나 전이를 해주었다.

'이 개 대가리가! 내 언젠가는 네 두 눈을 뽑아버릴 테다!'

마음 깊숙한 곳에 웅크린 야수가 이 빚을 복리로 기록했다.

609의 손바닥에 404호의 마나테가 금세 감지되었다.

테가 제법 또렷하다.

609호의 인상이 미미하게 구겨졌다.

'허, 이런 얌체 같으니!'

404호는 마나 고갈 상태도, 마나 고갈 직전도 아니었다.

제법 많은 마나량이 남아 있었다.

충분히 자신이 노력하면 상당량의 마나를 모을 수 있는 수준.

용감하게 나서는 요란한 겉보기와 달리 시험에서 몸을 사린 게 분명했다.

약았거나 계산적인 경우로 볼 수 있는데, 404호는 후자가 분명했다.

이기적인 꼼수를 숨기고 있는 것이다.

조원 전부가 탈락하더라도 특출하게 두각을 나타내는 조원을 승급시키는 경우는 허다하므로…….

'영웅 행세를 하시겠다? 얌체 새끼!!'

609호는 404호에게 절로 욕이 튀어나왔다.

하지만 마나 전이를 멈추지는 않았다.

마나 전이를 시도 중인 609호는 서서히 나른해져 갔다.

급속히 무기력증에 빠져들고…….

마나 고갈 시 느껴지는 심장 박동의 급격한 저하는 죽음의 공포를 느끼기에 충분하다.

마나테 꼬기와 또 다른, 서서히 죽어간다는 죽음의 공포.

메이지들은 마나 고갈 상태를 '지옥을 체험하다'는 표현으로 이 절망감을 표현한다.

404호는 그 한계까지 자신을 혹사시키지 못한다고 보면 되었다.

보기보다는 겁쟁이에 계산적이다.

역겨움에 빨리 끝을 내고 2분 후 404호에게서 손을 떼는 609호다.

404호도 눈을 감고 테를 돌리는 데 열중했다.

609호는 그런 404호의 뻔뻔한 얼굴을 외면하고 돌아섰다.

그런 609호 앞에 603호가 자리했다.

유일하게 미안해하는 표정을 지으며 말했다.

"미안하다. 염치없지만 나도 청색 로브가 입고 싶다."

"……!"

'유일하게 사람다운 표정을 짓는군. 어쩌나, 이미 한계인데.'

시간이 촉박했다.

609호는 별말 없이 고개를 끄덕이고는 603호에게 마나 전이를 시도했다.

603호는 508호와 마찬가지로 심각한 마나 고갈 직전 상태로, 자력으로 마나가 회복되지 않고 있었다.

생도들이 이 상태를 마나 고갈 상태라 불렀지만 진정한 의미의 마나 고갈 상태는 아니다.

희미해진 마나테를 찾느라고 609호의 이마에 땀이 맺혔다.

609호의 마나도 바닥을 보이기 시작해서 앞서처럼 빠르게 상대의 마나테를 찾지 못했다.

잠시 후, 609호는 간신히 마나테의 흔적을 잡고는 마나를 불어넣을 수 있었다.

불어넣어 줄 마력을 낭비 안 하려면 상대의 마나홀 속에서 마나테를 찾아 직접 불어넣어 주어야 했다.

603호에게 마나 전이로 마나테를 선명하게 만드는 데는 무려 6분이 걸렸다.

결국 609호의 마력도 고갈 직전까지 이르렀다.

603호에게서 손을 거두자 609호은 현기증을 느끼며 일어나지 못했다.

609호의 온몸은 땀에 절은 상태다.

온몸이 축 처지고 무기력하게 늘어졌다.

휘청.

한데 마나테를 돌리고 안정을 찾아야 했지만 쉴 수가 없었다.

"너! 4써클이구나? 어쩐지 순순히 마나 전이를 받아들인다 했다."

"……!"

605호의 눈이 고양이처럼 빛났다.

그리고 신선한 우유를 눈앞에 둔 고양이처럼 갸릉거렸다.

이제 자신의 차례라는 듯이 당당했다.

"나도 해주어야겠어. 10년 동안 네 덕을 보게 될 일이 생기리라고는 상상도 못했는데."

"나로 인해 네가 피해를 본 기억은 없는데?"

자기 보호 본능인지 609호의 어투가 사나워졌다.

얌체들의 태도에 이미 한계점을 넘은 609호다.

"너와 얽히기 싫은 기분만으로도 충분히 피해를 줬어!"

"허! 하지만 넌?"

"여자라고? '기기'에서 볼 거, 안 볼 거 다 본 사이 아냐? 다 방법이 있지."

605호는 609호 앞에 마주 앉고는 609호의 손을 잡고는 단추가 풀어진 코트 속으로 손을 이끌었다. 이미 단추를 풀고 준비를 마친 605호였다.

순식간에 벌어진 일.

순간 기력이 딸린 609호는 그녀의 대담한 행동을 제지하지 못했다.

그녀의 이런 행동은 상상 밖.

"여 · 기 · 가 내 심장이다. 자알~ 부탁한다."

605호는 자신이 생각해도 대담한지 얼굴을 붉히며 두 눈을 감고 만다.

난감한 609호.

도도하다고 소문난 605호의 가슴에 609호의 손이 닿아 있다.

묘한 볼륨감이 한 손 가득 담겨 있다.

그녀의 가슴 골로 땀이 흘러내리는 게 느껴졌다.

605호의 청색 로브에 대한 집착이 여기 있는 누구보다도 대단하고 강렬하게 다가왔다.

'내가 졸업이라면, 이들은 곧 죽어도 청색 로브!'

다들 목숨을 걸었다.

609호는 한숨이 절로 나왔다.

이렇게 된 것, 할 수 없다.

'기어이 오늘 마나 고갈을 맛보겠구나. 휴! 그래, 바라는 대로 해주지! 하지만 오늘 일은 내 잊지 않을 것이다.'

609호는 605호의 마나테를 찾아 605호의 가슴을 더듬기 시작했다.

특유의 부드러운 감촉이 손바닥을 다시 자극했다.

뭉클.

그리고 작고 부드러운 돌기의 위치도 분명히 느껴졌다.

605호의 안색이 더욱 붉어졌다.

605호의 마나테의 위치는 심장의 상층부에 자리 잡고 있었다.

609호는 여성체 특유의 감촉을 음미할 사이도 없이 마력을 불어넣었다.

같은 3써클이라도 다른 생도에 비해 마나테가 작은 605호다.

3분이 지나서야 스스로의 힘으로 마나테를 활성화할 수 있는 한계점에 도달시킬 수 있었다.

피가 싸늘하게 식는 느낌이 도는 609호.

마치 따뜻한 온탕 속에서 잘린 동맥을 통해 피가 빠져나가는 듯한 기분이랄까……

다행히 마나 채움 아티펙트가 거들고 있어 다른 생도보다 유리한 위치에 있는 605호다.

609호는 퍼뜩 정신을 다잡고 슬며시 부드러운 가슴에서 손을 뺐다.

605호는 자신의 가슴에서 609호의 손이 빠지는 순간 움찔했고, 그 감촉이 609호의 손을 자극했다.

609호의 손가락 끝을 통해 605호 돌기의 감촉이 선명하게 뇌리에 새겨졌다.

'이게 유두?! 이 상황에서 바보같이······.'

여성의 인체에 대한 환상을 그릴 겨를이 없다.

609호는 감촉의 정체를 음미할 새도 없이 자신의 마나테를 찾아야 했다.

이대로 마나테를 놓치면 자신이 마나 고갈에 빠지고 만다.

다급했다.

한데 이미 늦었다.

자신은 이미 마나 고갈 상태에 들어 있다.

안 들면 더 이상했다.

테의 존재감이 느껴지지 않았다.

자신의 마나홀에서 마나테를 못 찾다니······.

609호는 절박해졌다.

이대로 마법을 잃어버리는 게 아닌가 하는 공포가 머리를 지배하기 시작했다.

마력 상실, 메이지라면 누구나 가지는 마나 고갈이 주는 공포의 결과.

역시 무리였다.

603호부터 거부해야 옳았다.

자신이 이들보다 한 써클 더 높다지만 이제 막 입문한 상태.

마력도 두 사람까지 나누어 주는 게 한계다.

세 사람부터는 모험.

603호부터는 냉정히 거절하는 게 맞았다.

정작 자신이 마나 고갈 상태가 되어 자신의 마나테도 찾지 못하고 있지 않은가.

지금, 마나테가 사라지며 테를 돌리지 못하는 상태가 되고 말았다.

테를 돌리지 못하면 마나를 채울 수 없다.

테에 마나를 채워야 마나홀을 유지한다.

자신의 마나테도 못 찾는 상태가 계속되고…….

전혀 감지가 되지 않았다.

절망.

이것이 진정한 마나 고갈.

'빌어먹을, 망할!'

운이 좋아 마력을 잃지 않더라도 최소 보름은 무마나 상태에서 무기력하게 지낼 수밖에 없다. 길면 한 달 이상 갈 수도 있다.

메이지에게는 무마나 상태로 지내는 기간이 길수록 지옥에 체류하는 시간이 길어지는 것이다.

장수족으로 알려진 메이지들의 수명이 마나 고갈을 경험하면 대폭 줄어든다.

609호는 자신의 물러 터짐을 자책할 수밖에 없었다.

늘 이랬다.

이용당해서가 아니다.

아니, 나서서 이용거리가 되어주었다.

누구를 탓하고 원망할 것인가.

왜 나는 다른 이들처럼 매몰스럽지 못한가!

몇 번씩이나 위기를 거치며 '잔인해지자! 냉혹해지자!' 라고 자신을 타일렀지만 그러지 못했다.

그런 자신의 단점을 주위의 생도들은 잘도 이용하고 조롱했다.

지금도 마나 전이를 받은 조원들이 고마워하기는커녕, 비릿하게 웃으며 앉은 자리에서 일어나고 있는 게 보였다.

'웃어? 웃다니! 이게 웃을 상황인가? 누구 때문인데?'

후회감이 온몸을 휘감았다.

후회?

수차 후회했다.

후회하고 의지를 다잡기를 수차례.

후회는 그때뿐이다.

다시 우유부단(優柔不斷)한 자신으로 돌아와 있다.

마법 발현의 제약이 만든 병폐라면 병폐.

실제 자신의 성격은 이렇지 않다.

아카데미에 누구보다도 열성적으로 적응했었다.

나서지는 않았지만 닥치면 적극적으로 헤쳐 나가는 성격이었다. 그렇다, 자신은 D조의 칼잡이.

그 사건 이후 '마나 잠금' 이라는 꼬리표가 붙고 말았다.

지독한 저주!!

아카데미에서는 엄청난 제약.

당연 한발 물러선 방관자로 맴돌아야 했다.

'빌어먹을 마나 잠금. 결국은 나를 잡아먹는구나! 졸업하고 싶었는데……'

또다시 회한이 온몸을 휘감고……

만약 이번에 운이 닿아 조기 졸업 자격을 부여받는다면 아카데미를 뒤도 안 돌아보고 나설 것이다.

이미 자신에게는 군사 아카데미 생활이 맞지 않음이 오래전에 드러났다.

이는 자타가 인정한다.

중도에 포기 못한 것은 '기기'에 대한 강한 중독성.

그 '기기' 속에서 아카데미가 제공하지 못한 평화와 묘한 그리움을 채울 수 있었다.

'기기'를 더 이상 이용 못하는 나이가 된 마당에 아카데미에 대한 미련은 없다.

아카데미라는 간판을 붙여놓고 가르치는 것은 죄다 생명을 상하고 죽이는 기술뿐이다.

군사 아카데미?

학원? 아니, 예비 살육자 양성소가 맞을 것이다.

제약으로 부적응자라는 꼬리표가 붙고, 방관자가 되어갔다.

이는 파괴적인 살인 기술이 자신의 성격과 맞지 않아서가 아니다.

공격 마법도 흥미로운 마법이다.

생활 마법에 비해 경이로운 점이 더 많다.

그 점은 부인하지 못한다.

문제는 공격 마법의 발현 시 나타나는 자신만의 제약.

기이한 문양이 떠오르며 '락(잠금:Rock)' 상태에 처해진다.

락을 풀려면 고통스럽게 마나테를 꼬아야 했다.

다들 마나테의 기예를 잘 구사한다고 부러워했지만 나름의 고통이 있었다. 마나테를 꼬지 않고서는 공격 마법이 구현되지 않기 때문이다.

그래서 누구보다도 생명이 위험한 지경에 자주 노출되었다. 이 사실은 누구도 알지 못하고 하소연도 하지 못했다.

늘 홀로 있고, 방관자로서 사태를 바라보게 되었다.

결국은 아카데미에서 가르침이라는 명목하에 이루어지는 폭력과 작은 학살을 이해하기 어렵게 되었다.

참여에 한계가 있으니 그럴 수밖에.

억울했다.

이어지는 감정의 격한 흔들림.

609호 자신에 대한 분노인지 아카데미에 대한 모호한 불만인지, 결국 집중에 실패하고 만다.

어그러진 감정이 중요한 마나테 찾기를 어렵게 했다.

마나테의 흔적이 전혀 감지되지 않았다.

마나테 찾기를 포기하자 앉은자리에서 옆으로 스르륵 쓰러졌다.

툭.

조원들이 외면하는 게 보이면서 의식이 희미해져 갔다.

마나 고갈의 전형적인 수순으로 가는 것이다.

아마 삼사 일은 가사 상태에 들 것이다.

생도 609호는 바랐다.

잠들 때마다 늘 꿈꾸었다.

깨어나면 생도 609호로 불리지 않는 곳에서 깨어나기를…….

마나테를 꼬지 않아도 되는 곳, 마력 고갈을 걱정할 필요가 없는 곳.

죽음을 마주하지 않아도 되는 곳.

기억나는 곳은 오직 한 곳.

생명이 넘치는 곳이 떠올랐다.

희미한 의식은 풀 냄새 싱그러운 동산으로 향했다.

자신을 '담' 또는 '다미' 라 불러주는 아주 따뜻한 곳이다.

멀리서 부르는 소리가 들렸다.

담~

다미~

그렇다.
나는 다미안이다.
609호가 아니다.

믿거나 말거나 신화 4

미숙한 신이 있었다.

신은 생명을 만드는 재미에 푹 빠졌다.

신은 온갖 생명을 다 만든 후, 자신과 통하는 지성체를 만들기로 했다.

신은 자신의 외피로 코볼트, 고블린, 리자드들을 차례로 만들었지만 모두 기대에 미치지 못했다.

신은 자신의 내부에서 창조 재료를 찾기로 했다.

시험 삼아 위액을 택했다.

무언가 작품이 나올 것 같은 예감이 들었다.

그렇게 위액에서 새로운 종족이 태어났다.

들창코, 삐죽 나온 송곳니, 놀라운 먹성.

이들 역시 스스로를 오크라 칭했다.

놀라운 성장과 번식력으로 생명의 동산을 뒤덮었다.

그러나 오크의 배고프다는 아우성으로 신은 귀가 먹을 지경이 되었다.

신은 할 수 없이 오크를 먹이기 위해 딱정벌레를 만들어 생명의 동산에 마구 풀었다.

곤충들이 오크뿐 아니라 여러 종족을 풍족히 먹여 살렸다.

그러나 신은 오크들로부터 딱정벌레를 편애한다는 소리를 듣고 말았다.

오크는 감사할 줄 몰랐다.

신은 허탈했다.

하지만 실패한 오크지만 배고프다는 하소연을 들은 것으로 신은 만족했다.

그들의 소리를 들을 수 있었던 것에, 신은 사소한 이 점에 아주 고무되었다.

Chapter 5

시료 채집꾼, 담

시료 채집꾼, 답

군사 아카데미.

누구나 원하는 곳이지만 원해서 온 배움터가 아니다.

8살 때였다.

마을로 국가 마법병단에 속한 메이지들이 찾아왔다.

부모들은 혹시나 하며 아이들의 손을 잡고 모여들었다.

6살부터 12살까지 어린이들을 모아놓고 '적성검사' 라는
것을 했다.

적성검사?

간단했다.

아무 특색 없는 자갈 돌 100개가 아이들에게 던져졌다.

그중에 따듯한 돌을 10개 골라내라다.

인근에 불려 온 수백 명의 아이 중 유일하게 자신만이 10개를 정확히 골라낼 수 있었다.

다른 아이들에 비해 자신은 찾는다고 고민할 게 없었다.

바로 느껴졌다.

그리고 다시 느낌이 강한 순서대로 배열했다.

검사를 주관한 메이지들이 놀라워했다.

그러자 한 메이지가 나서서 자신에게 다시금 100개의 돌을 건네주었다.

이번에는 반대로 차가운 돌을 10개 골라내라고 했다.

이도 쉬웠다.

강한 순서대로 배열하는 것은 실패했지만 미세한 차이였다.

얼굴도 가물한 메이지가 감격해서 자신을 끌어안고 허공 위로 던졌다 받기를 수차례 해주었다.

'타고난 친화도' 어쩌고 하면서 다른 메이지들도 치켜세웠다.

작은 마을에 경사가 났다 했다.

이 적성검사는 마나 친화도를 검사하는 대표적인 방법이다.

마나 친화도는 피 내림 성질이 아니다.

그러니 비리가 없는 공정한 평가.

귀족 자제나 부호의 자제라도 통과할 수 없기에 축하 인사가 가족에게 쏟아졌다.

가족들도 가문에서 위대한 인물이 났다고 기뻐해 주었다.

많은 이들이 기뻐하니 자신도 멋모르고 좋아했다.

정말 멋모르고 좋아했다.

그렇게 마법병단을 따라 집을 나서야 했다.

이후 군사 아카데미 입학.

최고의 대우, 최고의 교수진, 가족과 피붙이에 부여된 준귀족적 면세권. 특혜…….

그중 면세 권리만이 중요한 사람이 있었다.

여튼, 신대륙의 시골 소년이 꿈꿀 수 있는 최고의 장소였다.

그리고 자신은 어느 순간 아카데미의 애물단지가 되어 있었다.

입교 후 삼 년은 누구보다도 배우는 기쁨에 적응도 잘했다.

같은 또래 아이들처럼 워 메이지를 꿈꾸며 워 메이지다운 야수적 심성도 무럭무럭 자라났다.

우위에 있었다.

그러다 해부실에서 오크 메이지의 뇌수 세례를 당했다.

문신 오크의 뇌수 세례.

문제의 대상이 오크 메이지인지는 알 수 없다.

하지만 그후 모든 게 달라졌다.

오크에게서 전해진 마지막, 애원(哀怨)! 절규(絶叫)! 비탄(悲嘆)!

이후 생명을 쉬이 다루지 못했다.

마법 발현 시 더욱 지장이 컸다.

그런 그를 처음에는 이해해 주더니, 경쟁이 치열해지자 지진아 취급하며 태도가 돌변했다.

그리고 아카데미 연차가 늘어날수록 아이들은 이름을 잃어갔다.

이제는 누구도 서로의 이름을 부르지 않았다.

오직 생도 000호다.

자신도 이름을 잃어갔다.

그렇게 모든 게 싫어졌다.

자연스럽게 방관자가 되어갔다.

아카데미의 이방인이자 방관자.

모든 걸 다른 각도로 보는 타성이 생기고, 그것은 점점 커져 갔다.

그럴수록 아카데미 내에서의 경쟁은 치열해졌다.

숨이 턱턱 막힐 정도.

눈부신 친화력, 천재를 넘어선 지력, 누구보다도 적응을 잘하던 동료 생도도 압박감을 못 이기고 자살하는 경우가 있을 정도.

그리고 그는 동정받지 못했다.

애통해하는 친우는 숨어서 외로이 울어야 했다.

자신의 제약은 심약한 이의 자기변명으로 치부.

그래서 자신이 이때까지 버틴 것을 모두들 기적으로 치부했다.

하지만 자신을 이때까지 버티게 한 원동력은 따로 있었다.

아카데미에서 유일하게 마음에 드는 것은 '기기' 하나뿐이었다.

기기.

정식 명칭은 '마나 풀'이다.

내부 공간이 빈 정육면체의 유리 구조물.

액체도, 기체도 아닌 연푸른색의 무언가가 가득 차 있다.

표현하자면 액성이 강한 기체 정도?

아이들은 이곳에 실오라기 하나 걸치지 않고 마나 풀에 들여보내졌다.

처음 기기 내부에 담겨졌을 때의 느낌은 생각도 나지 않는다.

그 속에서 마나테를 돌리는 수련을 받았다.

아이들은 신체 상태를 체크받으면서 마나 풀에 정기적으로 담가졌다.

기기에서 자신이나 아이들은 빠르게 마나홀을 만들 수 있었다.

자신과 아이들은 만드는 데만 평균 5, 6년이 걸리는 마나홀의 윤곽을 육 개월 만에 만들 수 있었다.

하지만 시간이 지나자 변화가 있었다.

처음에 비해 적응하지 못하는 아이들이 조금씩 나타났다.

적응 못하는 생도에게 정기적인 마나 풀 입수는 엄청난 고통을 동반하는 수련 과정의 하나가 되었다.

대부분 10분 이상을 버티지 못하고 뛰쳐나왔다.

그리고 마나 풀에 적응 못한 생도들이 마나 풀 내부에서 마나테를 돌리는 시간은 조금씩 줄어들었다.

다들 독하게 견디더니, 3써클 비기너가 되고부터는 마나 풀 입수에 예외를 신청했다.

3써클에 들기만 하면 마나 풀에 입수할 필요가 없는지, 대부분 받아들여졌다.

하지만 자신은 열외를 신청하지 않고 마나 풀을 계속 이용했다.

이런 마나 풀에 대한 친화도는 손가락에 꼽을 정도라고 알려졌다.

이 점을 좋아하는 메이지들이 있는 반면, 그렇지 않은 메이지들도 있었다.

그들이 기기에 어떤 의미를 부여하는지는 몰라도 담 자신에게 있어서 기기의 존재는 고향집을 방문하는 것과 같았다.

기기에서는 고향 냄새가 났다.

마나 풀은 고향을 느끼게 해주는 무언가가 있었다.

들어가 있으면 편안했고, 고향의 들풀 냄새도 느껴졌다.

그렇게 느끼자 마나 풀에 담긴 내용물에 생명력이 넘치는 것이다.

생명이 느껴졌다.

그 생명을 만끽했다.

마음이 원하는 대로 마나 풀은 변했다.

착각, 일종의 환각이라 해도 좋았다.

다들 마나 풀의 내용물이 무색, 무미, 무취라 했지만 생도마다 느끼는 맛, 냄새, 색깔이 있었다.

다들 처음에는 연푸른색이라던 마나 풀의 내용물을 분홍이니, 녹색이니, 검정이니 하며 각자 개성껏 색과 맛을 부여했다.

색이 진해지고 맛이 강렬하다고 주장하는 생도 순서대로 마나 풀의 입수에 질겁했다.

심지어 피비린내가 난다는 생도도 있었고, 강한 성욕이 생긴다는 생도도 나타났다.

이런 이들은 마나 풀 근처에도 오지 않으려 했다.

반면 자신은 색은 그때그때 달랐고, 맛은 느낄 수 없었지만 냄새만큼은 고향의 풀 내음 그대로였다.

죽음을 직시하지 않아도 되는 생명이 넘치는 곳.

생명의 내음!

바람에 실린 풀 내음.

의식이 희미해져 갔다.

고향의 풀 내음이 그리웠다.

풀 냄새를 맡고 싶었다.

그러나 이곳은 삭막한 시험장이다.

삭막함에 의식이 끊어졌다.

어두워지더니 환해졌다.

고향, 녹색빛 들푸른 언덕에 있었다.

언덕에 부는 바람에 몸을 날리던, 그 언덕에 자신이 돌아와 있다.

바람이 불었다. 고향의 풀 냄새가 느껴졌다.

바람이 몸을 통과했다.

고향의 풀 냄새다!

고향집 바람 언덕 아래로 푸르른 목초지가 드넓게 펼쳐졌다.

맨발의 아이들이 바람을 등지고 달려 내려갔다.

"와아아아~"

아이들이 즐거운 환호를 질렀다.

아이들은 중간중간 바람에 몸을 실었다.

자신도 달려 내려가고 싶었다.

뛰어가 바람에 몸을 던지고 싶은데 꿈쩍을 안 했다.

아이들이 저 멀리 사라졌다.

외톨이처럼 남겨졌다.

움직이지 않는 몸에 울음이 터졌다.

그때,

키 큰 누군가가 다가와 머리를 헝클었다.

손이 따뜻했다.

올려다보지만 부드러운 미소만 길게 보였다.

머리를 헝클어뜨리는 가늘고 하얀 손에 투명한 바람개비가 들려 있다.

그리고 어느 순간 자신의 손에도 바람개비가 들려 있다.

바람이 불었다.

몸이 움직였다. 달릴 수 있었다.

달렸다.

내달렸다.

아이들과 반대로 달렸다.

바람개비를 바람을 향해 돌리며 달렸다.

풀 바람을 맞은 바람개비는 풍차가 안 보일 정도로 돌았다.

바람개비가 돌았다.

숨이 막힐 때까지 바람을 받으며 달렸다.

심장이 터질 듯 두 방망이질 쳤다.

그래도 달렸다.

저 동산을 넘으면 집이다.

온몸을 풀 내음 가득한 바람이 훑고 지나갔다.

몸속으로 바람이 통과했다.

뼈와 살을 바람이 지나갔다.

바람은 피와 체액마저도 통과했다.

그리고 심장 깊숙이 자리한 마나테가 있는 곳까지 바람이 들어왔다.

마나테다!

마나테가 보였다.

그리고 마나테에 바람이 전달되었다.

돌기 시작했다.

서서히 테가 돌았다.

테가 빠르게 돌기 시작했다.

바람개비만큼 빨리 돌았다.

그리고 테가 돌면 돌수록 마나테가 선명해지며 의식이 돌아오기 시작했다.

하나의 테가 깨어나면서 또 하나의 마나테를 깨워 나갔다.

바람은 깨어난 마나테에게도 전달되었다.

몽롱한 가운데 의식이 돌아오는 게 느껴졌다.

이상하게도 무기력하지 않았다.

충만한 무언가가 채워져 나갔다.

흐릿하게 언덕 너머 고향집이 눈에 들어왔다.

가족들이 문 앞에서 손을 흔들어주고 있는 게 보였다.

아! 가족들…….

무서운 할아버지도 반가웠다.

깨어나기 싫었다.

좀 더…….

그런데,

갑자기 비릿한 비린내가 코로 스며들었다.

싱그러운 풀 냄새가 사라졌다.

바람도 뚝 그쳤다.

비린내에는 강한 철분 내가 섞여 있다.

퍼뜩, 바람 부는 방향을 찾아 두리번거렸다.

어둠, 그리고 이질적인 섬광과 폭음.

고향 집도, 바람 언덕도 사라졌다.

아쉬웠다.

그렇지만 마나홀과 마나테는 충만하고 선명했다.

좀 전의 솜털까지 지배하던 나른함과 무기력함도 사라지고 없다.

그리고 보였다.

또 다른 마나테 하나!

며칠 전, 새로 생긴 바로 그 4번째 마나테가 달라졌다.

당시엔 4써클이라 부르기에 애매한 비기너 상태였다.

'아! 생긴 지 얼마 안 된 네 번째 써클이 이렇게 선명해지다니……. 이게 진정한 4써클! 졸업에 목매지 않아도 되는 성취!! 이제 로브 색은 내가 정할 수 있다. 하하하! 극복했다. 나

를 이기고, 모두를 이긴 것이다. 마나 고갈을 극복한 선물.'

며칠 사이 연이은 발전.

환희에 세포 하나하나가 되살아났다.

이제 진정한 4써클에 든 것이다.

환희로 그렇게 의식이 돌아오면서, 경기장 흙바닥에 머리를 대고 있는 게 느껴졌다.

까칠한 촉감이 전해졌다.

그리고 비명과 괴성이 들렸다.

"우왁!!"

'어! 아직 시험 중인가?'

일면 친숙한 폭음도 들렸다.

환희심도 잠시, 위기가 찾아왔다.

'빌어먹을!'

폭음이 터지며 폭음에 화답하는 괴성은 점점 커졌다.

급히 상체를 일으키는 담.

괴성은 위험했다.

땀이, 흘러내린 뺨에 모래 알갱이들이 붙어 있는 게 감지되었지만 소음의 진원지로 고개를 돌려야 했다.

소음 속에 비명이 묻어 있다.

풀 냄새를 삼켜 버린, 그 피비린내가 나는 방향이다.

사그라드는 불쾌한 생명들이 보였다.

난장판이다.

오크와 코볼트들이 조원들에게 엉겨붙고 있다.

경기장 곳곳에 마법에 당한 오크와 코볼트의 사체들이 어지러이 널려 있다.

널브러진 오크와 코볼트 중에 숨이 끊어지지 않은 몇 마리가 꿈틀대는 것도 보였다.

죽어가면서도 그륵거렸다.

그중 내장이 삐져나온 오크 한 마리가 자신의 내장이 땅에 끌리는 것도 모르는지, 싸움이 한창 벌어지고 있는 곳으로 향하고 있기까지 했다.

그륵.

타아.

"아악!"

비명과 기합성, 격타음.

몬스터의 기음과 섞여서 귀가 멍할 정도다.

조원들은 마법을 발현하지 못하고 있었다.

뒤죽박죽.

혼란의 도가니.

4써클 유저로서의 시작을 황당한 곳에서 시작하는 담.

*   *   *

마나 전이를 해준 담이 쓰러지자마자 마지막 실전 시험이 시작되었다.

시험 대상은 오크 10마리와 코볼트 20마리였다.

모두 다 성체다.

이것들을 쓰러뜨리는 것이 실전 실기 시험의 대미.

4인의 조원은 빠르게 공격 마법을 캐스팅했다.

캐스팅 동작에서 자신이 속한 파벌의 고유 동작을 유감없이 드러냈다.

의도한 게 아니라 몸에 각인이 되어서다.

그런데 첫 공격에서 실수를 하고 말았다.

4인 중 아무도 범위 마법을 날리지 않은 것이다.

서로 힘을 아끼려는 의도.

오크나 코볼트 종족의 특성상 끼리끼리 뭉쳐 있었다.

종족 간의 본능인지, 마주한 4명의 인간보다는 서로를 경계했다.

범위 마법을 떨어뜨릴 절호의 표적 상태로 있었다.

그런데 다들 다른 조원들에게 범위 마법을 미루고는 마나 소모가 적은 단발성 공격 마법을 퍼붓고 말았다.

조원들의 단타성 마법이 오크들에게 작열하자 표적들은 본능적으로 경기장 여기저기로 괴성을 지르며 흩어졌다.

자연히 경기장 내부로 흩어진 표적을 쫓기 위해 조원들도 흩어졌다.

표적들이 살아보겠다고 흩어질 때만 해도 조원들은 별 걱정이 없었다.

　이번 실전 시험의 통과를 자신하기까지 했다.

　'무기도 들지 않은 코볼트 따위.'

　조원들은 이런 자신감을 품었다.

　단위 마법으로 하나하나 줄여가며 사냥하면 된다고 판단했다.

　한데 일이 꼬이기 시작했다.

　하급 몬스터지만 몬스터는 몬스터.

　중구난방으로 흩어진 표적들을 겨냥해 단위 마법을 날렸지만 이미 마법 공격의 위험을 알아버린 표적들을 저격하는데 실패하기 시작했다.

　표적들이 쉽게 잡히지 않자 조원들은 당황했다.

　죽기 살기로 파닥거리는 운동체는 캐스팅 딜레이 시간 동안 원 목표에서 벗어나 있기가 다반사다.

　그렇게 당황하자 단위 마법이 하나도 먹히지 않았다.

　하나를 잡기 위해 범위 마법을 날려야 하는 상황이 되고 말았다.

　할 수 없이 범위 마법을 난사했지만 수를 대폭 줄이지는 못했다.

　게다가 같은 표적에 두 사람의 범위 마법이 작열했을 때는 순간 멍해질 수밖에 없었다.

그 틈을 살아남은 오크들이 파고들었다.

오크들은 본능적으로 마법 공격을 마친 조원에게 다가들었다.

흉측한 이빨을 드러내고 팔을 요란하게 휘두르며 위협했다.

거리가 가까워지자 자연 캐스팅은 방해받아 무효화되었다.

오크들의 행동이 변하자 코볼트들도 금세 따라 하며 캐스팅을 서두르는 조원들을 방해했다.

무기가 없는 오크와 코볼트지만 경기장 바닥의 흙을 던지며 저항했다.

그 와중에 조원들이 반복해서 캐스팅에 실패하자 지금처럼 엉겨붙어서 육박전이 벌어지게 된 것이다.

표적들에게 그 종족 특유의 무기가 주어졌으면 벌써 조원들의 생사는 끝난 것이라 하겠다.

이 상황을 지켜보는 채점관들의 인상이 한껏 구겨졌다.

지금 인간 4명과 오크 6마리, 코볼트 12마리가 엉겨붙어서 추한 모습을 연출하고 있다.

처음엔 작전을 잘 짰다고 판단했다.

스톤 골렘을 상대로 한 두 번째 시험에서 한 명의 조원을 열외시킨 것이 이해가 되었다.

유망해 보이는 한 명의 조원을 희생해 가면서 마나 전이를

받는 것을 보고는 역시 군사 아카데미라고 찬탄했다.

시작과 동시에 범위 마법으로 간단히 쓸어버릴 줄 알았다.

후한 점수를 줄 수밖에 없는 상황을 기대했다.

그런데 이 모양 이 꼴이면 자신들 휘하에서 도제(徒弟)식 가르침을 받는 제자들보다 못했으면 못했지 잘하는 모습은 아니다.

실망이 컸다.

서서히 듣기 싫은 고함과 비명으로 범벅이 되어가는 시험장.

"으윽, 떨어져라! 쥐 대가리!"

덩치 큰 404호의 등과 다리, 팔에 코볼트 4마리가 엉겨붙어 종족 특유의 튀어나온 이로 야무딱지게 물고 늘어졌다.

404호가 방금 오크 한 마리를 때려눕히는 동안 엉겨붙은 것이다.

이렇게 엉겨붙으니 메이지의 의미가 있으나 마나다.

오직 본능이 이끄는 육체적 투쟁만이 남았다.

"아악!"

404호는 고통을 참지 못하고 맨땅에 몸을 굴렸다.

체구가 작은 코볼트들이 떨어져 나갔지만 특유의 좁은 입에는 작은 살점이 붙은 채다.

"으아악!"

404호는 비명을 지르며 흐르는 피를 막을 생각도 없이 땅을 계속 굴렀다.

그런 식으로 달려드는 코볼트 무리에서 벗어났다.

추했다.

404호의 이런 냉정을 잃은 행동은 냉정히 대처하는 조원들의 심기를 크게 흔들었다.

싸움 권역에서 벗어난 게 문제가 아니다.

늘 냉정, 냉정을 외치는 메이지이지만 피범벅이 되어 구르는 동료를 보고 냉정해질 수는 없는 것이다.

"오크 먼저 해치우고 코볼트다!"

508호가 간만에 호기롭게 외쳤다.

하지만 나머지 조원들의 반응은 냉담했다.

"지랄하네! 얌체 새끼! 받아먹은 마나가 아깝다, 아까워."

"병신! 꼴값을 떨어요."

"……!"

리더로서 범위 마법을 날리지 않은 것에 앙심을 품은 반응.

603호와 605호는 서로 등을 붙이고는 엉겨붙는 표적들에게 대항하고 있는 중이다.

그나마 서로 앞만 보고 대응하니 비아냥댈 수 있는 여유가 있었지만 난처하기는 마찬가지다.

508호는 얼굴이 벌게져서는 근접한 오크에게 갈고닦은 체술을 선사했지만, 조원들의 비아냥에 위력이 뚝뚝 떨어졌다.

508호는 '리더 포인터'를 노리고 있다.

리더 포인터는 작지만 채점관들 중 일부는 리더로서의 자질을 중요하게 보고 후한 점수를 주는 경우가 있다.

아티펙트를 사용하면서 감해진 점수를 리더 포인터로 만회할 수 있다고 판단하고 조원들의 리더를 자처했다.

예상대로 별 반대는 없었지만 지금 같은 상황이면 리더로서 실격이다.

자신이 제일 먼저 단위 마법을 발현시켰으니 욕을 먹어도 할 말이 없는 것이다. 리더로서 자격 상실.

땅을 구르는 404호, 외따로이 떨어진 508호, 쌍으로 대항 중인 603호와 605호, 모두 따로 놀고 있다.

지금 상황에서는 어느 누구도 마법으로 표적을 제압할 수 없는 것이 확실했다.

큰 신음 소리가 났다.

"윽!"

603호의 팔뚝에 코볼트가 붙어서 한입 베어 물고 있다.

팔을 베어 문 코볼트의 눈이 붉게 반들거렸다.

"죽어!"

603호는 반대편 주먹으로 코볼트의 붉은 눈을 강하게 내려쳤다.

퍽!

키엑!

한쪽 눈이 터진 코볼트가 고통을 못 이기고 데굴데굴 뒤로 구르며 떨어졌다.

하지만 입에는 천 조각과 약간의 살 조각이 붙어 있다.

603호의 팔은 외피가 벗겨지며 기다란 고랑 같은 상처가 파여 있고, 금세 붉은 피가 긴 고랑을 채웠다.

코볼트의 뾰족한 앞니가 끌리면서 만들어낸 상처다.

603호는 극심한 고통이 뇌에 전달되었지만 어금니를 다물어 더 이상 신음이 새어 나오는 것을 참았다.

등을 마주한 605호가 심각한 음성으로 물었다.

"괜찮아?"

"물론. 4호처럼 뒹굴까 봐?"

603호는 싸움 권역에서 벗어난 404호가 들으라는 듯이 크게 답했다.

404호는 발작을 멈추고 땅바닥에 엎드려서는 꼼짝도 안 하고 있다.

놀림을 들었는지 몸을 꿈틀거렸다.

하지만 몸을 세우지는 않았다.

"하여튼, 이놈이나 저놈이나 도움이 안 된다니까!"

"그러게."

그나마 상대하기 수월한 코볼트에 둘러싸인 두 사람이라 선배라면 선배인 404호와 508호를 야유하며 서로를 격려했다.

코볼트들이 603호와 605호에 몰려 있자 오크들은 자연히

508호가 상대하게 되었다.

체술의 달인인 508호지만 5마리의 오크를 혼자서 상대하려니 손발이 서서히 어지러워졌다.

"야이, 씨팔! 4호, 4호! 안 일어나? 일어나란 말이야!"

508호가 다급하게 404호에게 외쳤지만 404호는 엎드린 채 땅에 고개를 박고 있다.

큰 덩치가 아까웠다.

오크 한 마리를 때려잡은 게 404호의 한계였다.

그때, 쓰러져 있던 담이 비틀거리며 일어났다.

코피가 딱딱하게 굳어 입술 위와 코 아래에 엉겨붙은 채다.

일어섰지만 비틀거리다 다시 주저앉았다.

균형 감각이 돌아오지 않은 듯, 갈 지 자로 걸으며 다시 주저앉았다.

그런 식으로 세 번을 반복하니 코볼트 몇 마리와 오크 두 마리가 담에게 몰려왔다.

약한 표적부터 사냥하는 것, 그것이 몬스터의 본능이 아니겠는가.

현재 담의 상태는 비틀거리며 앉았다 일어섰다 하는, 상처 입은 손쉬운 먹잇감으로 보이기 충분했다.

담은 이제 막 의식을 차리는 중.

그리고 성취를 음미하는 과정을 거쳐야 할 때.

그런데 장소도 시기도 모두 안 좋았다.

과제물들이 담에게서 넘쳐 나는 생명력을 본능적으로 감지하곤 관심을 모았다.

오크 2마리와 코볼트 5마리가 담에게 향하자 나머지 조원들의 숨통이 트이고,

그중 508호로서는 감지덕지였다.

3:1이면 할 만했기에.

생도들의 눈에 보이는 머저리 담의 상태를 보니 혼몽 중인 게 틀림없었다.

이는 다시없는 기회!

몬스터 표적들이 담을 아작 낼 동안 한 마리라도 수를 줄여야 했다.

그런 생각은 근처에서 코볼트들과 대치 중인 이 인의 생각과도 일치했다.

"겁쟁이 4호보다 머저리가 이럴 땐 훨~ 낫군!"

605호가 비아냥으로 이 같은 생각을 전했다.

목소리에 생기가 넘쳤다.

아직 다수의 코볼트에 포위되어 있긴 하지만 여유를 부릴 정도로 압박이 줄어서.

그러면서 냅다 정면에 끼룩거리는 코볼트 한 마리를 공 차듯이 멀리 차버렸다.

케켕!

세차게 걷어차인 코볼트는 장기가 파열되었는지 싯누런

액체를 게워내며 이리저리 뒹굴거리다 조용해졌다.

605호는 소녀지만 체술 중 유독 다리를 사용하는 각법에 정통해 지금과 같은 위력을 보여줄 수 있다.

이에 뒤질세라 603호도 한 마리의 코볼트를 멀리 내다 꽂았다.

단시간에 두 마리의 코볼트가 당하자 나머지 코볼트들은 거리를 유지한 채 위협만 가했다.

담을 처리하러 간 동료들이 돌아오기를 기다리며 견제만 하는 것이다.

코볼트들은 이 사나운 두 인간을 상대하려면 수가 많아야 한다고 판단했다.

몬스터다운 집단 사냥 순서.

정작 조원들에게 숨 돌릴 기회를 준 담은 눈앞으로 오크 두 마리와 코볼트 5마리가 다가오자 그제야 깜짝 놀라며 주춤 물러섰다.

바로 그때, 오크 두 마리가 달려들어 담의 허리를 붙잡고 넘어뜨렸다.

와당탕!

까울.

꾸룩.

오크들이 간단히 기회를 만들자 코볼트들도 뛰어들며 담의 다리와 팔을 붙들고 늘어졌다.

담은 전혀 방비할 틈도 없이 하늘을 보고 드러눕고 말았다.

허무하게도…….

발버둥치려는 순간에 두 다리와 팔도 코볼트들에게 모두 붙잡혔다.

그리고 한 마리의 코볼트가 동료의 수고를 덜어주기 위해서 담의 목덜미로 뾰족한 주둥이를 들이밀었다.

인간이나 짐승이나 목 부위가 가장 약하다.

생각보다 쉽게 제압되자 신선한 피가 뿜어져 나올 것을 기대하며 코볼트는 담의 목 깊숙이 파고들었다.

과제물도 살기 위해 자신들의 몸에 배인 본능대로 행동했다.

담의 턱 끝으로 뾰족한 코볼트의 수염이 느껴졌다.

미세한 바늘이 쿠구국 찌르는 듯했다.

이대로 코볼트의 앞니를 허용하면 끝.

실전 실기에서는 누구의 도움도 받을 수 없다.

생도가 죽으면 죽는 것이다.

지도 교수들도 이 점을 누누이 강조했다.

표적을 전멸시키든지 시간을 끌면서 넘기든지 둘 중 하나다.

절대절명의 순간,

'아!'

퍼뜩 정신을 차리는 담.

'이대로 당할 순 없다! 졸업 자격을 내 힘으로 쟁취한 지금.'

담의 생각은 오로지 아카데미에서의 탈출, 이탈!

완벽한 4써클이면 졸업 시험이 의미없는 성취.

위기 상황에서 본능이 반응했다.

"스파크 핸드!!"

파자작.

켕!

담의 양팔을 붙잡고 있는 코볼트들이 펄쩍 튀어 올랐다.

두 팔이 해방되자 목에 머리를 박고 있는 코볼트의 뒷머리에 오른손을 붙였다.

"스파크 핸드!"

다시금 파지직!

킹!

담의 목을 물려던 코볼트도 특유의 기성을 지르며 펄쩍 뛰며 떨어졌다.

코볼트는 처음 당해보는 기이한 충격에 땅에 떨어져서도 여운을 못 이기고 푸들거렸다.

시야를 가리던 코볼트가 사라지자 담은 왼손과 오른손을 가슴과 배를 누르고 있는 오크의 어깨와 등에 빠르게 갔다 댔다.

"스파크 핸즈!"

지금 담의 두 손바닥에는 푸른색의 번개가 치고 있다.

너무나도 미세한 번개라 가까이에서만 그 존재가 보였다.

멀리서는 담의 손이 푸른색의 에너지 덩어리에 담겨 있는 것처럼 보인다. 정전기 다발의 방출.

그런 담의 푸른색 손바닥이 진녹색 피부의 오크에 닿았다.

파작.

케룩, 큭!

두 마리의 오크도 배를 뒤집으며 펄쩍 넘어졌다.

이 두 놈도 기이한 충격의 여파로 들썩거렸다.

이제 남은 몬스터는 두 다리를 잡고 있는 두 마리의 코볼트.

이 두 마리는 이미 위기를 느꼈는지 담의 다리를 감은 팔을 풀고 달아났다.

담은 그렇게 간신히 일어섰다.

다섯 마리나 되는 코볼트에 붙잡히고도 신체 중 물린 곳은 한 곳도 없었다.

코볼트들이 일격필살로 담의 목을 노려서이다.

그럼 절체절명의 위기에서 담을 구한 것은?

스파크 핸드(정전기 손)와 스파크 핸즈(양손 정전기).

차례대로 1, 2써클의 간단한 전격 마법이다.

생활 마법으로 분류되어, 금속을 확인할 때 쓰인다.

4써클에 갓 입문한 담이 별 캐스팅 없이 바로 사용할 수 있

는 마법 중 하나다.

살상력은 없다시피 하지만 메이지들이 물리적으로 붙잡혔을 때, 지금처럼 요긴하게 쓰이는 마법이 되기도 한다.

담이 일어서 자세를 잡자 스파크 핸드에 당한 코볼트와 오크들이 고개를 부르륵 털며 일어났다.

그륵, 우르르륵.

케렉, 크르르륵.

큰 충격을 받은 모습은 아니지만 처음 당해본 기이한 충격에 담에게 더 이상 대들지 못하고 이빨을 드러내며 위협적인 동작을 해댔다.

"호오~"

채점관들은 놀라웠다.

마나 전이를 해준 생도가 안타깝게 죽는 줄 알았다.

다들 손을 쓰고 싶은 마음은 굴뚝같았지만 지켜보아야만 했다.

생도들을 관리하는 아카데미에서 손을 안 쓰는데 한시적으로 위촉된 채점관들이 나설 일이 아니다.

안타까운 그 순간, 위기의 생도는 놀랍게도 '스파크 핸드'로 위험 상황에서 벗어났다.

그 순간, 채점관 대부분이 저도 모르게 '오ㅡ' 하며 감탄성을 내기까지 했다.

그리고 담의 채점표를 찾아 대략적인 이전 평가 정보를 훑었다.

학기 간 과목 별 성적만 보아도 어떤 생도인지 알 수 있다.

성적은 과목 별로 들쑥날쑥했다.

과목 별 교수들의 평가도 극과 극이다.

심지어는 '미련둥이' 이라는 감정적인 평가를 내린 교수도 보였다.

유일하게 마나 풀 수련만 최고 점수를 받고 있었다.

종합적으로 그리 뛰어난 생도는 아니었다.

상중하로 평가하자면 하와 중 사이를 오간다는 게 맞을 터이다.

그런데 놀라웠다.

3써클 마스터는 넘어 보였다.

캐스팅 없이 스파크 핸드로 위기를 벗어났음이 이를 증명했다.

나이 16세에 4써클 입문이 확실하면 기적이다.

시험 하루 전날, 4써클에 입문한 게 아닐 터이다.

평소에도 발군의 실력을 보였을 터인데 평가는 최악이었다.

아카데미 교수들이 609호의 어떤 점이 못마땅했는지 궁금해졌다.

천재의 삐딱함인가?

우선 자신들만이라도 최고 평가를 이 생도에게 몰아주었다.

아카데미의 소년, 소녀들이 마나 풀을 통해 모두 괴물 같은 빠른 성취를 보였지만 생도 609호로 불리는 담 정도는 아니었다.

마나 풀의 효용에 메이지들은 아무도 이의를 제기치 않는다. 하지만 자원의 투입 대비 효용 면에서는 심심찮게 도전을 받고 있다.

마나 풀을 유지하는 데는 엄청난 재원과 자원이 들어서이다.

그래서 현재 메이지 사회에서는 마나 풀 유지에 드는 자원을 다른 쪽으로 전환하자는 이야기가 공론화되는 중이다.

한데 지금 생도 609호의 성취라면 마나 풀의 효용에 대해서 더 이상의 논란을 잠재우기 충분한 것이다.

20세 이전에 4써클 입문.

천재라 불리는 유명한 메이지들은 20세 안쪽에 3써클에 들지만 평균 40줄에 이르러서야 4써클에 접어든다.

이는 범재로 치부되는 노력형 메이지들도 40줄에 심심찮게 4써클에 입문해서 천재의 의미가 많이 퇴색되었다.

지금은 메이지의 성취 정도를 천재와 범재라 나누기보다는 '계기가 빨랐다'는 표현으로 메이지의 성취를 구분 지었다.

그래서 메이지 사회에서는 천재라는 표현은 잘 쓰지 않

았다.

당연히 고위 메이지들도 노력하는 범재형 메이지를 제자로 더 선호했다.

하지만 마나 풀에 유독 잘 적응한 생도의 존재는 가히 괴물로 불리기 충분하지 않은가.

천재가 아닌 '초괴물'이 맞았다.

마나 풀을 주창한 국가 원로들은 마나 풀로 괴물을 만들어 내겠다고 호언했고, 십 년도 안 되어 이것을 입증했다.

그런 메이지 사회의 인식으로 생도 609호가 또 다른 활약을 펼치기를 기대하며 경기장을 주시했다.

609호에게는 이미 최고 점수가 몰린 상태다.

어떻게 동료들을 도울지가 자못 궁금했다.

담은 가빠오는 숨을 참아가며 그륵 대는 오크와 정면으로 대치하고 있다.

오크는 스파크 핸즈가 무서운지 거리만 벌리고는 덤빌까 말까를 저울질했다.

코볼트들도 정신을 차리고는 다른 방위를 나누어 점하고는 담을 포위했다.

오크가 덤벼들면 다시금 덤벼들 참이다.

두 몬스터 종족의 묘한 협동이 이루어졌다.

보기 드문 광경.

그들로서는 서로의 종족보다 인간이 더 위협적인 존재다.

게다가 방심하면 어떤 무서운 마법을 날릴 수도 있지 않은가.

두 마리의 오크는 교대로 앞으로 나섰다 물러나기를 반복하며 눈앞의 인간이 마법을 발현 못하도록 신경을 분산시키려고 나름대로 노력했다.

인간 메이지를 상대하는 방법을 알고 있는 오크들이다.

담으로서는 난감했다.

하필 정면에 자신을 막고 있는 게 오크였기 때문이다.

오크 특유의 흑녹색 눈동자는 일견 흉포해 보이지만 하나의 생명으로서 자신을 지키려는 의지로 충만했다.

그 의지는 너무 익숙하고 또렷했다.

'빌어먹을 오크!!'

오크 특유의 삐져나온 날카로운 송곳니는 생도들의 생명을 보호한다는 생각에 뽑혀 나가고 안 보였다.

어쩐지 태클을 걸어 자신을 넘어뜨리고도 배와 가슴을 물지 않았다.

제대로 된 오크였으면 한 움큼의 살점이 뜯겨 나갔을 것이다.

그렇지만 그 어떤 생도도 이 점에 대해서 아카데미에 감사하지는 않을 것이다.

담의 눈에는 이빨 빠진 오크의 으르렁거림이 처량하게 들려왔다.

본능대로 자신의 생명을 지키고 싶은 불쌍한 존재로 보였다. 담은 한심했다.

　'쳇, 나란 놈은… 이런 상태에서 동정이라니.'

　담이 이렇게 대치하는 사이 404호가 정신을 차렸는지 엎드린 상태에서 꼼지락거리는 게 담의 눈에 들어왔다.

　담은 그저 404호가 무사하다고 생각했다.

　그런 생각을 마치기가 무섭게 404호가 상체를 일으켜 세우는가 싶더니,

　"파이어 볼!"

　성인 머리통만 한 화염 구체를 605호와 603호 방향으로 던져 버렸다.

　"엇!"

　담은 경악하고 말았다.

　404호가 던진 불덩어리는 605호와 603호를 포위하고 위협하는 코볼트 무리가 아니라 두 생도의 가슴 어림 높이를 겨냥한 채 날아갔기에 그러했다.

　605호와 603호가 등을 붙이고 있는 상태이므로 바로 두 사람의 옆구리 방위에서 404호의 공격 마법이 날아오고 있는 것이다.

　목표물이 되어버린 두 생도는 이미 404호가 영창할 때 위험을 감지했지만, 두 눈을 크게 뜨고 날아오는 화염의 구체가 커지는 것을 바라보고만 있어야 했다.

이 상황을 508호도 보았다. 그리고 참관인단을 포함한 전부.

"미친!"

담은 두 생도가 위험하다고 느끼자마자 마나테를 나선으로 꼬았다.

"파이어 볼트!"

마법 영창이 끝나기도 전에 나선을 거친 불의 기운이 404호가 발휘한 파이어 볼의 뒤를 쫓아 날아갔다.

샛노란 궤적이 흘렀다.

시에액—

경기장 내부는 대기를 찢어버리는 소리의 여운이 가득한 상태에서 조그만 불화살이 큰 불덩어리를 꿰뚫었다.

파악.

퍼~엉!

바로 코볼트가 견제하는 저지선 위에서 파이어 볼이 터져버리고,

화르륵, 투탁.

파이어 볼이 터지면서 크게는 8개로, 작게는 수십 개의 불덩어리로 흩어지면서 코볼트들의 등과 머리 위로 떨어졌다.

코볼트들은 털에 불이 엉겨붙자 맨바닥에 떨어진 물고기마냥 팔딱거리며 뒹굴었다.

케케켁, 케륵.

털이 타는 노린내가 진동을 했다.

갑자기 아군이 날린 불덩어리에 화를 입는가 했는데 609호로부터 구원받자 두 생도는 정신이 하나도 없었다.

담은 몰랐지만 두 사람은 줄기차게 404호에게 욕을 퍼붓고 있었다.

그게 404호가 이 둘에게 마법을 겨냥한 이유다.

파이어 볼은 이 둘을 포위한 코볼트들 등 뒤의 머리 위에서 폭발하며 한 방위를 집어삼키는 일종의 범위 마법 효과로 나타났다.

뜨거운 열기와 비산한 작은 불덩이가 코트에 옮겨 붙어 퍼뜩 정신을 수습하고는 당황해하는 코볼트에게 달려들어 주먹을 날렸다.

둘은 손톱이 짧게 잘린 코볼트에게 무기가 될 수 있는 뾰족한 앞니를 집중적으로 가격하며 부러뜨렸다.

코볼트의 치명적인 무기는 땅굴을 개척하기 위한 기다랗게 휘어진 손톱에 있다. 손톱은 무기에 상하지 않을 정도로 견고했다.

경기장에 나온 몬스터들은 제일 치명적인 신체 부위가 사라진 몬스터다. 그 덕에 생도들이 체술로 대항이 가능한 것이다.

파이어 볼에 코볼트들은 혼이 났는지 변변히 대항도 못하고 하나둘 죽어나갔다.

반면, 담은 404호가 던진 파이어 볼을 분쇄했지만 그만 오크들에게 두 번째 태클을 허용하고 말았다.

오크들은 담이 마법을 구사하면서 생긴 그 틈을 놓치지 않았다.

오크들이 담을 넘어뜨린 후, 다시금 담에게 올라타자 코볼트들도 재차 담의 신체 부위를 잡고 늘어졌다.

퍽, 퍽!

오크들은 치명적인 물기를 못하자 두 손을 깍지 끼듯 모아서는 담을 향해 있는 힘껏 내려쳤다.

오크는 오크대로 담을 때리고, 코볼트는 코볼트대로 담의 빈 구석을 찾아 입을 대고는 물고 늘어졌다.

담에게 다시금 위기가 찾아왔다.

절체절명.

담을 제일 위험한 존재로 느꼈는지 악착같이 붙었다.

담은 아픔을 느낄 겨를도, 스파크 핸즈를 구사할 여유도 없었다.

어느 것이 통각인지 모를 정도로 정신이 아득해졌다.

그저 계속 맞고, 물렸다.

그때 404호가 몬스터와 엉겨붙은 담에게 마법을 날렸다.

"파이어 볼!"

404호는 눈이 뒤집힌 상태에서 날린 마법.

수수숙, 펑!

담에게 엉겨붙은 몬스터와 함께 담이 크게 공중에 떠오르며 들썩이더니 곧 주변이 화염에 휩싸였다.

카륵, 칵!

공중에서 떨어진 코볼트 3마리가 등에 불이 붙어서는 펄떡거렸고, 오크 두 마리는 직격을 받아 바로 그 자리에서 즉사했다.

나머지 코볼트 두 마리는 떨어지는 충격에 다리가 접질렸는지 절뚝거리며 방향을 잡지 못하고 헤맸다.

통증을 호소하는지 애처롭게 가륵거렸다.

담은 화기에 기적적으로 노출되지 않았지만 충격 여파에 장기가 상했는지 피 한 사발을 게워냈다.

"웩, 웩!"

일어났다 주저앉기를 반복.

처참, 그 자체.

생도복은 이미 옷의 모양이 없어진 지 오래고, 머리를 보호하던 가죽 모자도 저 멀리 날아가고 없다.

머리카락 중 일부도 그을음에 그슬려 지저분했다.

다행이라면 404호가 날린 마법에 마력이 충분치 않아 오크와 같이 숯덩이가 되는 횡액을 면한 것.

담에게 무슨 감정이 있는 것인지 마법을 난사한 404호.

감정이라면 자신을 놀린 두 생도에게 가한 복수를 방해했다는 것.

404호는 눈이 풀린 상태였다.

"시파! 내가 다 잡았다. 내가! 내가, 다 잡았다고. 카카카!"

헐떡거리며 웃어댔다.

정신적으로 문제가 있어 보였다.

웃어젖히는 404호, 피를 게워내는 담, 코볼트를 쫓아다니는 605호와 603호, 차분히 오크를 상대하는 508호.

시험장은 그렇게 피아 구분이 어그러진 난장판이 되고 말았다.

고개를 절레절레 흔들고 마는 참관인단과 채점관들.

"그만!"

종료 시간이 되자 지도 교수가 크게 외치며 경기장에 뛰어들었다.

그리고.

"윈드 컷터!"

간단히 바람 칼을 소환하고는 먼저 508호와 대치 중인 오크들의 목을 몸체와 분리시켰다.

순식간에 오크 3마리의 목이 공중으로 튀어 올랐다.

괜히 군사 아카데미 지도 교수가 아니다.

전쟁을 경험한 워 메이지다운 단호한 손속을 선보였다.

지도 교수 뒤를 몇몇 젊은 메이지들이 따라 들어와서는 흩어진 코볼트들을 공격 마법으로 제압했다.

이들은 이동 목표를 단위 마법으로 정확히 맞추었다.

노련미가 느껴졌다.

닥슬란이 거느린 조교들이다.

이들은 몬스터들이 정리되자 쓰러진 생도들을 들것에 실어 빠르게 사라졌다.

생도 중 제 발로 걸어나가는 이는 508호와 404호가 유일했다.

508호는 404호의 뒤통수에 대고 있는 욕 없는 욕을 다 퍼부었다. 한데도 404호는 뻔뻔하게 고개를 들고는 모른 척했다.

이제야 제정신을 차린 모양이다.

어떻게 그사이 정신을 차렸는지가 의문.

혹시 거짓으로 정신을 놓친 척했을 수도 있다는 의심이 들 정도.

반면에 603호와 605호는 긴장이 풀렸는지 주저앉아 움직일 생각을 안 했다. 이들은 멀쩡한 상태에서 들것에 의지해야 했다.

마지막으로 담은 들것에 피를 흥건히 적시며 실려 나갔다.

얼굴에 피칠갑이 되어 있어, 부상 정도가 가장 심해 보였다.

8회 차에 도전하는 첫 번째 조의 실전 실기는 이렇게 끝이 났다.

"저런, 저런!"

채점관들은 8회 차에 도전하는 첫 번째 조에 크게 실망하고 말았다.

제각각으로 나가는 모습에 절로 혀끝을 찼다.

어린 괴물들에게는 문제가 있었다.

그리고 공통적으로 담에 대해서 생각했다.

마나 풀이 만들어낸 괴물들이 자신들보다 뛰어난 괴물을 싫어한다는 것을.

충분히 이해되는 대목이다.

자신들도 질투심 많은 사형과 애살 넘치는 사제들 사이를 헤치고 이 자리에 올라왔으므로.

하지만 성숙치 못한 소년들의 질투의 표출은 상당한 생명의 위협이 감지되었다.

잘못하면 동료들끼리 죽고 죽일 수도 있었다.

눈앞의 사태가 그런 그림으로 보였다.

마나 풀이 만들어내는 속성(速成) 메이지들은 싫지만, 속성 메이지들이 꼭 필요한 신대륙이므로 조치가 필요했다.

채점관들이 담에 대한 좋은 평가를 내릴 무렵, 아카데미의 교수들의 생각은 달랐다.

기대하던 담의 추태가 없어서다.

담은 몬스터들을 죽이지 못하고 도망다니는 장면이 정상이다.

마나 풀에 너무 오래 노출되면 정신적으로 너무 나약하게 변한다는 논리를 지금 자리한 국가 원로들에게 보고했다.

그 증거가 609호, 담이다.

담의 예를 들어 속성(速成) 메이지 육성을 재고할 것을 건의하려던 참이었다.

속성 메이지의 등장에 기존 메이지 사회가 들끓고 있었다.

일종의 질투의 발로.

교수들을 능가하는 속성 메이지들이 나타났다.

지금도 띨띨한 놈이 16세에 4써클에 입문한 모습을 보이지 않았는가.

한술 더 떠, 오늘 너무도 영웅적인 모습을 보여주고 말았다.

아무나 하기 힘든 마나 전이로 마력을 나누어 주지를 않나, 빠른 판단으로 위험에 처한 동료들의 목숨도 구했다.

누가 담을 발현 기복이 심한 우유부단아(優柔不斷兒)라고 할 것인가.

놀라운 순단 판단력에 임기응변.

담을 혹평하고 비방한 아카데미 교수들의 인상이 구겨졌다.

'저게 담인가?'

'담 맞아?'

그러나 그 담이 맞다.

이제 담을 핑계로 제기하던 주장을 철회할 때가 되었다.

101호로 시작되는 세 자리 수 학번을 부여받은 존재들이 속성 메이지들이다.

이들이 아카데미를 졸업하고부터 메이지 사회가 근본부터 흔들리고 있었다.

속성 메이지가 메이지 사회 곳곳에 배치되면서 기존의 메이지들과 알력을 빚고 있었다.

속성 메이지들이 생겨나는 근본에는 마나 풀이 존재했고, 은연중에 이를 깎아내리려는 분위기가 팽배해지는 중이다.

군사 아카데미 내에서 교수들 간의 속성 메이지에 대한 생각은 극과 극으로 나뉘었다.

선천적인 천재성이 빛을 발휘하는 자랑스러운 제자로 보는 측과 기기의 도움으로 인한 급속한 성장과 성취로 정신적으로나 육체적으로나 균형이 결여된, 말 그대로 괴물로 보는 측이다.

현재 속성 메이지들이 정신적으로 문제가 있다는 보고가 과하게 과장되어 확산되는 추세.

이는 의도적인 정치적인 측면이 강했다.

그 대표적인 사례로, 생도 609호가 자주 거론되었다.

생도 609호는 마나 풀에 과도한 집착을 보이며 이 때문에 행동 장애를 보이고 있다.

마나 풀은 메이지에게 필수인 강인한 정신력을 떨어뜨린다.

마나 풀을 주창한 원로들에게 아카데미의 교수들이 담을
예로 들어 보고한 단정적인 내용이다.

지금 시험장의 609호가 보여준 모습에는 행동 장애도, 나
약한 정신력도 나타나지 않았다.

오히려 행동 장애에 나약한 정신력의 소유자라는 담의 성
취가 저 정도라면, 다른 생도들은 더욱 뛰어날 것이라는 반증
이 될 수도 있는 것이다.

계속해서 속성 메이지 양성에 힘이 실릴 증거.

교수들 사이에 자신의 권위에 도전하는 속성 메이지들은
당분간 계속 만들어질 것 같은 예감이 들기 시작했다.

안도하는 쪽과 실망하는 쪽이 반반이다.

반면에 이때까지 침묵을 고수하며 자리를 지킨 원로들은
다른 생각을 하였다.

자신들이 복원한 마나 풀의 성과는 만족스러웠다.

정신적으로 나약하다는 것은 개인차일 뿐이다.

엄연히 개인 성향.

개인의 성향을 기기와 연관 짓는 메이지들이 과연 교수 자
격이 있는지 의구심이 들 정도다.

메이지라면 당연히 가지고 있을 상식이 결여된 보고가 계
속되었다.

배후가 있는 흠잡기와 그에 부화뇌동한 메이지들이 문제다.

천재들을 편협한 둔재들이 가르치고 있다고 생각하기에 이른다.

원로들이 한마디씩 했다.

"아카데미에서 마나 풀 시스템을 따로 분리해야겠어."

"그것보다 교수진들을 갈아치우는 게 빠르지 싶군. 무능해!"

"동감."

"아이가 마나 전이를 해주고도, 스파크 핸드에 스파크 핸즈를 구사했지? 눈요기는 확실히 했군."

"4써클에 든 게 확실하이."

"기특한지고. 암, 기특해!"

대체적으로 만족해하는 분위기.

흐뭇, 의기양양.

그리고 마나 풀의 이용과 유지에 더 더욱 확신이 생겼다.

어떻게 만든 마나 풀이던가?

신대륙에서 고대인의 던전을 발굴해서 만든 마나 풀이다.

복원하는 데 30년이라는 시간과 천문학적인 재원이 들었다.

불완전한 복원이라 유지비도 만만치 않았다.

그 덕에 누구도 알아서는 안 되는 비인간적인 비밀도 감추어져 있다.

밝혀지면 도덕성에 치명타를 입을 수도 있다.

당연히 비밀 유지에도 상당한 심력을 소모하는 중이다.

그렇게 공이 든 마나 풀을 불평꾼들의 푸념으로 사용 중지시킬 수는 없는 것.

하지만 마나 풀 유지에 막대한 재원이 들기에 반대 의견도 만만치 않다.

그래서, 하도 불평해서 직접 와서 지켜보니 마나 풀에 대한 확신만 더 생겼다.

16세에 4써클 입문.

반대파들을 당분간 입을 다물게 할 증거가 바로 오늘 나타났다.

마나 풀에서는 3써클까지가 속성 성장의 끝이라는 게 정설로 굳어진 상태다.

현재 8회 차에 도전하는 생도들의 성취는 3써클 유저가 평균이다. 이 정도도 대단한 것이다.

16세에 3써클 마스터라 해도 믿기지 않는데 그 이상의 성취를 이룬 생도가 나타났다.

사실로 판명된다면 마나 풀에 가해진 악의적인 가설이 힘을 잃게 되는 것이다.

마나 풀에서의 성장 한계는 3써클까지.

마나 풀은 메이지의 기초를 다지는 데 유용한 보조 기기일 뿐이다.

그 정도에 엄청난 국가 재원이 편중되는 것은 부당하다. 재고를.

이 쟁점에 종지부를 찍은 증거가 오늘 나타났다.

불과 16세.

나이가 황당하지 않은가.

마나 풀에 적응할 수 있는 나이는 제한되어 있다.

어릴수록 적응도 빠르고 거부감이 덜했다.

어릴 때부터 마나 풀에 적응한 생도라도 나이를 먹어 사춘기에 들어서면 힘들어했다.

생도들이 사춘기에 들어도 이미 튼튼한 마나테를 완성시킨 다음이라 별 문제가 되지 않았다.

한데 특이하게도 마나 풀의 수련을 즐기는 몇몇 생도가 있다.

이들에게는 마나 풀 수련을 계속해도 더 이상의 진전이 없으므로 중지할 것을 명령했는 데도 듣지 않았다.

마나 풀에서 기초를 닦아야 하는 어린 생도들이 많은 관계로 눈총이 그들에게 쏠렸지만 요지부동이었다.

당연히 마나 풀의 관리를 맡고 있는 아카데미 교수들이 싫어했다.

오늘 8회 차 시험에 도전하는 담이 그중 하나로 악평의 중심에 있는 생도다.

몬스터라도 생명을 가진 존재에 위해를 가하지 못하는 나약한 심성의 소유자라 했다.

유달리 마나 풀에 집착이 심하다는 이야기가 증폭되었다.

마나 풀을 흠잡는 측이 주장하는 근거로 생도 609호의 품성을 문제 삼았다.

그런데 오늘 직접 보니 별 문제도 없어 보이고, 놀라운 성취를 이룬 것이 밝혀졌다.

지금 원로들은 빨리 시험이 마치기를 기다렸다.

생도 609호의 성취에 자신들이 직접 인증을 내려주고 싶어서다.

국가 원로인 자신들이 인증한다면 아카데미 내에서나 메이지 사회에서나 함부로 담을 대하지 못할 터이다.

사람이 증거물이라면 증거물.

8회 차 실전 시험으로 추태의 주목 대상에서 경외의 대상으로 바뀌어 버린 담.

그런 줄도 모르고 담의 자아는 본인도 의식 못하는 모종의 보호 조치를 취했다.

성취를 이룩한 순간에 벌어진 황당한 위기였기에.

그 조치는 아주 은밀했다.

보호 조치란……

　　　　　*　　　　　*　　　　　*

　한 달 후, 원로들의 거처인 모처의 지하 던전.

　"마나홀의 흔적이 완전히 사라졌습니다. 마나테 역시……."

　담에 대한 경과보고를 마친 지도 교수 닥슬란이 8인의 원로의 혀 차는 소리를 듣고 있다.

　"끙, 그렇게 허무하게 되다니… 거참."

　"허, 이것참. 닥슬란, 자네의 이야기는 잘 들었네. 전혀 마나테가 안 잡힌다라……."

　"증상을 보니 일시적인 마나 고갈이 아니라 마력 상실이 확실하군."

　"4써클 인증이 물 건너간 거군. 허참."

　"증거물이 사라져 버렸어."

　"운도 지지리도 없는 아이로고, 마력 상실이라……."

　"닥슬란 군이 우리 계파였으니 망정이지, 망신당할 뻔했어."

　"한데 어쩐다. 많은 메이지들이 4써클임을 알아보았을 터이고… 반대파들을 묵살시킬 중요한 증거가 이제는 정말 애물단지가 되다니."

　8인의 국가 원로는 난감했다.

담의 4써클 인증을 성대히 내려주려는데 지도 교수인 닥슬란이 긴급으로 반대했다.

담이 마력 상실 증상을 보인다고…….

그리고 쭈욱 관찰하며 경과를 지켜보았다.

기다리기를 한 달.

담의 외상은 말끔히 나았다. 의식도 또렷했다.

그런데 한 달이 지난 지금, 마나 고갈 상태에서 벗어나지 못하고 있는 것이다.

닥슬란이 매일매일 점검해 보았다 했으니 마력 상실이 확실했다.

마나 고갈에서 어느 정도 시간이 지나면 사라졌던 마나테가 미세하게 서서히 윤곽을 드러낸다.

이 정도면 고비를 넘긴 상태다.

일단 마나테가 윤곽만 잡으면 마나 고갈이란 최악의 상태에서 벗어났다고 보면 된다.

개인적으로 차이는 있겠지만 요양만 충실히 하면 이전 상태로 돌아간다.

닥슬란의 최종 보고에 고민하는 원로들.

'그럴 수도 있겠다. 마나 전이 이후, 스파크 핸즈에 마지막에는 마나테를 꼬아서 파이어 볼을 터뜨렸다. 나라도 그 상황이면 동료를 포기하고 내 마력을 관리했을 상황이다. 쯧쯧, 덕성도 있는 흠잡을 데가 없는 아이인데…….'

원로들은 속 고민과 달이 닥슬란에게 하는 지시는 또 달랐다.

"생도들에게 마력 관리를 철저히 시키도록. 경험 부족이지만, 대부분의 생도가 마력을 난사하는 경향이 있어!"

이에 딱 부러지게 답하는 닥슬란.

"시정하겠습니다."

끄덕이는 원로들.

'한 달이 지나도록 마나테의 윤곽이 전혀 안 잡힌다면… 마나 고갈이 불러오는 최악의 결과인 마력 상실 상태가 확실해.'

생각은 여전히 아쉬운 원로들.

16세에 4써클 입문이라더니 이제는 마력을 상실한 메이지로서 폐인이라는 것.

이제 마력을 상실한 이에게 '나라의 얼굴'들이 나서서 4써클 인증을 내려줄 수는 없지 않은가.

8인의 원로는 가능성을 본 것으로 아쉬움을 정리해야 했다. 그나마 원로다운 덕담을 했다.

"닥슬란 군이 알아서 처리하게. 아이도 상심이 클 터이니 배려를 베풀 게 있으면 베풀게. 또 그의 가족에게도. 여하튼 인재는 인재!"

"예! 알겠습니다."

원로들은 마지막으로 담과 같은 빠른 성취를 보이는 생도를 찾는 것을 부탁하고는 닥슬란을 돌려보냈다.

닥슬란도 특유의 무표정으로 고개를 '척' 숙이고는 물러났다.

닥슬란도 찹찹했다.

마력 상실.

메이지에겐 사형선고나 마찬가지다.

나이가 있다지만, 이미 확인한 성취가 너무 높다.

4써클에서 심장에 자리한 마나홀은 3써클의 여섯 배에 달한다. 이미 새로운 마나홀이 자리 잡을 공간이 지워지고 없을 터.

그래서 고써클에서의 마력 상실은 메이지로서 끝이나 마찬가지다.

'지지리도 불운한 녀석!'

＊　　　＊　　　＊

아카데미로 돌아온 닥슬란은 담을 호출했다.

담담한 표정의 담이 닥슬란의 방에 들어왔다.

냉담한 닥슬란도 담의 안색을 보고는 살짝 고개를 모로 돌리며 외면했다.

예전 같으면 죽일 듯이 노려보았을 터지만 이제는 의미가 없다.

나약한 심성은 나약한 심성대로 그 사람의 장점이다.

하지만 메이지 사회에서는 용납이 안 되는 심성.

메이지라면 강인한 정신력이 최고 덕목이다.

게다가 사갈독심(蛇蝎毒心)없이는 메이지 중 메이지인 워 메이지가 될 수 없다.

그래서 워 메이지 중에는 독심장부(毒心丈夫) 아닌 자가 없다.

그리고 이곳은 워 메이지를 양성하는 군사 아카데미다.

생도들은 하나같이 독심장부의 기질을 보였다.

여생도들은 더했다.

404호가 동료들에게 마법을 퍼부어도 무사한 이유.

404호는 시험 결과로 자신이 제일 많은 몬스터를 죽였다고 자랑하기까지 했다.

독하지 못하면 비열하기라도 해야 했다.

하지만 생도 609호만이 나약하고 유했다.

닥슬란은 자신이 몰아붙이면 자연히 고쳐질 줄 알았다.

그런 생각으로 생도 609호의 나약한 심성을 고쳐 보려고 가혹한 질타를 퍼부었다.

닥슬란은 평소에 안 하던 회상을 했다.

마력을 상실한 담을 보고 있자니 절로 생각이 났기에.

'휴유, 무려 3년간이다. 이는 일 년 이상 한 생도의 전임을 금지한 교칙을 위반하면서까지… 나는 609호를 정확히 5년간 지켜보고 지도했다. 망할 놈, 밉기라도 하면 못생기기라도 하지. 멀쩡하고 미끈하게 빠져서리 인물값도 못하고… 이게 뭐냐, 이 먹충아? 4써클에 들었으면 시험 열외를 신청했어야지! 아! 그렇군. 내가 면담을 거부하고 시험장으로 밀어 넣었구나! 음…….'

담의 면담 신청을 거부한 사실까지 이어지자 퍼뜩 정신을 차린다. 이에 저도 모르게 감정이 격앙되는 닥슬란.

2년은 학과 교수로, 3년은 담임 교수로 5년간 억세게 담을 굴렸다면 굴렸다.

그 덕에 담의 주위에서 형제같이 커온 동료들이 사라졌다.

같이 있다가 불벼락을 맞기 싫으니 다들 담과의 거리를 벌릴 수밖에.

교수까지 가세하니 담에 대한 따돌림의 정도가 거세졌다.

그런데도 담은 변하지 않았다.

지금도 마력을 상실했는 데도 담에게서는 분노한 표정을 찾아볼 수가 없다. 평소 그대로.

방관자적 담담함.

그에 더해 지금은 오히려 시원하다는 듯이 보이기까지 했다.

'한심한 놈!'

짜증에 절로 혼잣말이 튀어 나왔다.

"부질없는 짓이었어!"

"……?"

"됐다! 나는 너의 마력 상실을 위로해 줄 생각은 추호도 없다. 이도 엄연히 네가 자초한 결과다. 냉정히 네 과오를 반성해라!"

"……!"

담은 황당했다.

'반성하라니? 내가 뭘?'

담담하게 유지했지만 마력을 상실한 담으로서는 너무도 억울했다.

마나 전이를 부추긴 당사자가 눈앞의 지도 교수인 닥슬란이다.

그런 방법이 있다고 설명하면서 간접적인 압력을 행사했지 않은가.

'끝까지 내 탓이구나. 모두 다 나에게 과오를 전가한다. 이제는 지긋지긋하다. 마력 상실? 그래, 내가 바랐는지도 모른다. 목적없이 배웠으니 하루아침에 사라는 것은 당연하다. 그래, 나는 담담하다. 그에 이제는 더 이상 미련 없다.'

담은 특유의 의연한 표정을 유지했다.

이는 군사 아카데미 생도로서의 마지막 자존심.

아니, 자신의 의지다.

반면 닥슬란은 마력을 상실한 담에게 마지막으로 하는 말까지 곱지 않자 자신에게 놀란다.

그리고 담의 담담함에 전율했다.

'늘 609호에게 화를 냈던 것 때문일까? 보내는 마당에 부질없이…….'

"흠흠, 흥분했다. 네 마력 상실은 안타까운 일이다. 하지만 그 시험을 통과한 생도는 6기 중 네가 유일하다. 다들 엉망이었다."

깜짝 놀라는 담.

"제가, 8회 차 시험을 통과한 것입니까?"

진정 믿기 어려운 사실.

"그렇다. 네가 유일하다. 네 희망대로 조기 졸업을 받아들이기로 했다. 마력을 상실한 상황에서 더 이상의 아카데미 과정이 어려움을 너도 알 것이다. 조기 졸업할 의사에는 변함이 없지?"

"무, 물론입니다."

닥슬란은 마력을 상실하면 자연히 아카데미를 그만두어야 된다는 식의 뉘앙스를 풍겼다.

닥슬란의 어감에는 담이 생각을 바꾸어도 조기 졸업을 강제할 의지가 다분했다.

대부분의 생도들이 8회 차 시험에 합격하면 졸업한다고 큰소리쳤다.

하지만 막상 패스하면, 진정한 워 메이지로 인정받겠다고

뭉그적대는 편이다.

담이 그런 식으로 변덕을 부릴까 봐 닥슬란은 걱정했다.

담이 아카데미에서 생활하며 마력을 회복하겠다고 해도 받아들여야 하는 게 아카데미의 입장이다.

그래서 닥슬란은 이 사실에 대한 설명은 일부러 빠뜨렸다.

담이 청색 로브를 입고 돌아다니는 꼴은 죽어도 보기 싫은 닥슬란이다.

다행히 담의 기존 생각에는 변화가 없었다.

"좋아! 단, 청색 로브는 지급할 수 없다. 이유는 네가 더 잘 알 것이다. 어디 조용한 데 가서 요양하며 마력 기초를 다시 닦아 마력을 회복하거라."

"예……."

'아, 드디어 아카데미에서 탈출이구나…….'

다시금 써클을 구성하자면 얼마만한 세월이 걸릴지는 아무도 모른다.

16세는 메이지로서 기초를 다지기에는 나이가 많은 편에 속한다.

게다가 마력을 상실했으니 더욱 힘든 일이다.

마력 상실은 마나테를 담은 마나홀이라는 마력 공간의 상실을 의미.

부서진 공간을 제외한 다른 곳에 다시금 마나홀을 만들어야 하는 과정을 거쳐야 했다. 부서진 공간이 크면 클수록 새로운 공간이 비집고 들어갈 자리는 적거나 심지어 없다.

4써클 상태에서 마력을 상실했으니, 대부분의 공간이 파괴된 상태다.

파괴된 공간 자투리에 다시금 공간을 마련하고 마나홀을 구축해 보았자 성장의 한계는 뚜렷했다.

닥슬란의 형식적인 덕담이 계속되었다.

담은 조기 졸업이 확정된 마당에 닥스란이 이후에 내뱉는 말은 귀에 들어오지 않았다.

신기할 정도로 지도 교수인 닥스란의 말이 건성으로 들렸다.

마력의 상실이 배포를 키운 것인지, 졸업한다는 그 사실 때문인지…….

여하튼 담은 자신이 제일 바라는 답을 들어서인지 기분이 최고였다.

청색 로브건 노란 로브건 메이지 로브는 필요없다.

'아, 드디어 이곳을 떠나는구나.'

이게 중요했다.

그러나,

닥슬란이 담의 상념에 찻물을 끼었었다.

"…아카데미에 입학하면서 네 가문에 주어진 면세 권리를 계속 유지하려면, 아카데미나 국가 마탑과 연결되어 꾸준히

견습 메이지로서 활동해야 한다."

"……?!"

'아차! 가족들!! 면세권! 근데 마력이 상실되었는데 메이지라니?

"놀라지 마라. 내 가족들을 위한 대안이 마련되어 있다. 그래서 녹색 로브를 지급할 터이니, 마력을 회복할 때까지 시료 채집꾼으로 생활하는 거다."

"아!"

'녹색 로브! 음, 시료 채집꾼. 졸업은 시켜줘도 계속 지켜보겠다는 거구나. 내가 가족들을 잊고 있었구나. 얼마나 실망이 클 것인가. 하지만 시료 채집꾼이라니…….'

가족에게 주어진 특혜를 미끼로 담이 신대륙 메이지 사회의 일원으로 계속 활동해야 한다는 닥슬란의 설명이 이어졌다.

오래도록 메이지로 교육받은 재원을 함부로 방치할 수 없는 게 국가의 입장으로서도 정상이다.

담은 군사 아카데미의 교육 과정을 전부 이수한 인재.

일정 부분 기밀도 접했고, 알고 있다. 나름의 감시는 필수.

담 또한 가문에 주어진 혜택을 유지하려면 또 다른 통제하에 있어야 했다.

중소 지주인 담의 가문으로서는 담이 아카데미에 들면서

부여받은 면세권이 중요했다.

이는 담이 간과한 사실이다.

면세권을 누리는 것은 보통 특권이 아니다.

영주도 함부로 하지 못했다.

담이 국가에 발탁되면서 담의 가문은 예비 귀족 집단에 편입된 셈이었다.

담의 가문은 담의 생명이 오락가락하는 줄도 모른 채 출세해서 언젠가는 정식으로 귀족 명부에 등재되기를 바라고 있다.

신대륙인으로서의 꿈을 이루는 것이다.

가족들은 주변에 담이 아카데미를 졸업하면 국가 마법병단의 워 메이지로 복무할 것이라고 큰소리쳤다.

그렇게 지역에서 큰 유지 행세를 했다.

면세권을 이용해 농장을 마구잡이로 불리는 중이다.

그 방패막이가 바로 담이다.

담의 마력 상실은 담만의 문제가 아니었다.

혹시라도 냉혹하게 국가에서 면세권을 회수한다면 담의 가족들은 지역 사회에서 비웃음거리로 전락할 것이다.

알량한 국가의 비호가 사라지면 보복하려는 자들이 생길 터이다.

다행히 조건이 붙었지만 나라의 처우는 그리 냉혹하지 않았다.

그 점에 간신히 안도해하는 담.

'휴. 녹색 로브의 시료 채집꾼이라. 특혜를 유지하려면 이도 어쩔 수 없군.'

그러나 이후 가족들이 실망할 것을 생각하니 또 다른 갑갑증이 담을 괴롭혔다.

자신에게 기대가 큰 가족들에게 워 메이지가 되지 못했음을 무어라 설명할 것인가.

군사 아카데미에 있으니 당연히 워 메이지가 되는 줄로만 알고 있는 가족들.

"아카데미를 나서거든 이 서류를 가지고 국가 마법청에 등록하도록. 너에 대한 사정 설명을 간략하게 해놓았다. 등록을 마치면 마법청에서 녹색 로브와 네가 채집해야 할 시료 목록을 건네줄 것이다."

"……!"

담은 이제부터 녹색 로브를 걸치는, 메이지 사회에서 시료 채집꾼이라 불리는 제일 하층 계급으로 일해야 했다.

가문이 누리는 혜택을 유지하려면 이제부터 산간 오지로 떠돌아야 하는 처지.

이제 담은 윗분들이 구해오라고 하는 물품을 찾아 땅바닥에 코를 박고 살아야 하는 시료 채집꾼. 메이지계의 심마니.

'휴, 잃는 게 있으면 얻는 게 있다고 했는데… 이도 내 운명이구나. 하하.'

담은 그도 괜찮다는 특유의 연한 심성을 발휘했다.

어쩌겠는가.

적성에 안 맞는 워 메이지가 되느니, 전국을 유랑하는 시료 채집꾼이 나을지도.

'일단, 집에는 졸업 사실을 숨기자. 기회를 봐서 알리는 수밖에 없구나. 어쩌면 시료 채집꾼이 내 적성에 딱일 수도.'

담이 빠르게 자신에게 주어진 현실에 적응하자, 그 점이 보기 싫은 닥슬란은 마지막에 가서는 결국 쓴 소리를 내뱉는다.

'시료 채집꾼이 되어도 좋다는 거냐? 이놈은 정말로 못났구나!'

"시료 채집도 쉬운 게 아니다. 동물성 시료도 있다. 네가 그렇게 좋아하는 몬스터의 피도 채혈해야 하는데, 과연 할 수 있겠어?"

"음!"

닥슬란 지도 교수.

5년간이나 담을 괴롭혔다면 괴롭혔다.

아카데미 내의 천적이 따로 없었다.

담은 기가 죽어서 닥슬란의 방에서 급히 나와야 했다.

담담함을 유지하는 게 오히려 그의 신경을 건드렸다.

다른 메이지들이라면 이 상황에서 통곡하는 것이 정상.

담은 뒤통수에 지도 교수인 닥슬란의 으르렁거림이 오래

도록 느껴졌다.

　문을 닫고 복도에 나서서도 찜찜한 담이다.

　바로 그때,

　"생도 609호! 서류를 가지고 가야지!"

　닥스란의 고성이 문밖으로 튀어나왔다.

　급히 돌아 들어가 서류를 챙기는 담. 닥슬란과 눈도 못 마주쳤다.

　"에이, 끝까지 덜떨어져서는… 어디 가서 여기를 졸업했다고 하기만 해봐라! 내가 직접 찾아가서 박살을 내놓겠다. 정신 차려라, 609호!"

　"……."

　다시금 들어와서 서류를 챙겨 나가는 담에게 닥슬란은 감정의 불을 뿜었다.

　뒤통수가 뜨끈한 담.

　'끝까지 사람 혼을 빼놓는구나. 얼른 튀자.'

　순간 담은 이제 아카데미에서의 생활이 끝났다고 생각하자 묘한 객기가 발동했다.

　'그래, 나는 이제 생도가 아니지!'

　담은 제법 멀어져서는 닥슬란의 방을 향해 외쳤다.

　복도가 울렸다.

　"담입니다! 제 이름은 다미안이라고요!!"

"녹색 로브……."

담의 눈앞에 녹색의 로브가 놓여 있다.

여벌까지 모두 3벌.

한데,

눈물이 주르륵 흘렀다.

뚝뚝.

손등에 한 방울 두 방울, 떨어졌다.

닥슬란 교수 앞에서는 의연하고 담담했는데, 막상 녹색 로
브를 접하니 그렇지 못했다.

격한 감정을 누르고 참고는 있지만 통곡이 터져 나오기 직
전이다.

닥슬란과의 면담 시 의연했던 모습은 모두 거짓.

생도로서 마지막 자존심을 지켰을 뿐.

오직 마지막, 자신의 이름을 외치던 객기만이 진심이랄까.

이제 번호로 불리는 생도는 아니지만…….

'이제 생도가 아니니 울어도 되는 건가?

"흑흑, 흑. 정말 내가 시료 채집꾼이 된 거야?"

억지로 소리를 억누르며 흐느끼는 담.

자신이라고 생도로서의 포부가 왜 없었겠는가.

마나테를 꼬아 드디어 제약을 이기고 마법을 발현하기 시

작하면서 생긴 야망.

워 메이지!!

신대륙인의 자유를 지키는 수호자.

메이지 중 메이지.

귀족마저도 목례를 건네는 청색 로브.

자신도 은근히 꿈꾸고 있었다.

그래서 가문의 자랑이고 싶었다.

테를 꼬는 순간 죽음을 보며 제약이 사라지기를 늘 손꼽아 기다렸다.

그러나 결과는 마력 상실에 메이지계의 최하층인 시료 채집꾼.

은밀히 메이지 중의 메이지라는 꿈을 키우다 메이지 아래 메이지가 되고 말았다.

생도 시절에 늘 보아왔다.

실험 기자재를 준비하거나 챙기며 생도들에게까지 비굴한 웃음을 날리던 녹색 로브의 메이지들.

그런데 이제!

가문의 면세 권리를 유지하기 위해 이 녹색 로브를 자신이 걸쳐야 하는 것이다.

녹색 로브를 쥔 두 손 위로 눈물이 주르륵 떨어졌다.

아카데미 시절 온갖 고통을 감내한 보람이 모두 사라졌음을 이제야 실감했다.

남들보다 열 배라면 열 배, 백 배라면 백 배, 삶과 죽음을 오갔다. 그런 지옥을 거쳤건만 무간지옥에 내쳐졌다.

'지금! 아무나 날 패 죽여주었으면… 흑흑.'

애통한 심정.

울음을 참았지만 마구 새어 나왔다.

"꼭, 꼭! 마력 상실을 극복할 터이다. 내 꼭, 반드시……."

처절한 생각과 전혀 다른 다짐을 하지만, 막막한 게 현실.

그리고 다시 마력을 되찾았는데 악몽 같은 제약이 또 그대로라면?

다시 또 생명을 담보로 마나테를 꼬아야 할까?

그 지독한 연성 과정.

그 고통, 그 아득함, 그 처절함…….

하지만 지금은 그런 고통스러운 과정의 반복을 걱정하는 것 자체가 호사!

이를 악다무는 담.

아카데미에서 거쳤던 오름의 희열, 깨달음의 환희를 생각했다. 이제 오직 이 점만 떠올릴 것이다.

'시료 채집꾼으로 돌아다니며 기회를 찾자. 그래, 반드시 마력 상실을 극복할 방법이 있을 것이다. 시료 채집꾼들은 라이프 메이지와 친교가 깊다. 라이프 메이지를 찾자! 아니, 마력을 찾을 수만 있다면 악마라도 찾아, 애걸하자! 악마라도……. 제길!'

녹색 로브를 쥔 두 손이 부르르 떨렸다.

여전히 자신이 마력 상실인 줄 알고 있는 담이다.

그런데 마력 상실이 아니라면?

과연······.

미숙한 신이 있었다.

신은 생명을 만드는 재미에 푹 빠졌다.

신은 온갖 생명을 다 만든 후, 자신과 통하는 지성체를 만들기로 했다.

위액으로 오크를 만든 후 신은 고무되었다.

자신에게 하소연하는 존재.

대만족이었다.

이번에는 척수를 재료로 사용했다.

역시 짐작대로 걸작이 나왔다.

튼튼하고, 손재주 좋고, 작은 키 말고는 자신의 형상과 너무 흡사했다.

이것저것 쉼없이 만들어내는 것도 신에게 다가가려는 노력으로 보였다.

이들 역시 스스로를 드워프라 칭했다.

드워프는 여러 종족에게 자신이 만든 것을 선물하며 솜씨를 뽐냈다.

신은 기뻤다.

기특한 존재가 따로 없었다.

신은 욕심이 생겼다.

좀 더 나은 존재를 만들 수 있을 것 같았다.

Chapter 6

브로커 메이지, 돌

브로커 메이지, 돌

인간이 주류인 구대륙의 관점에서 보자면,

신대륙.

해안을 전혀 접하지 못한, 신대륙에서도 내지에 위치한 지마 왕국.

농업과 광업이 주산업인 가난한 신생국 중 하나다.

지마 왕국의 랜슨 남작령.

툴바 시.

인구가 일만이나 되는 신대륙에서는 보기 드문 도시다.

인구 과밀인 구대륙 백작령 영지의 수도 인구가 5만 내외임을 감안하면, 일개 남작령에 속해 있기에는 과분한 도시 규모다.

도시의 발전 역사는 신대륙 이민 역사에서 백 년은 뒤처지지만 무려 2백 년이나 된다.

구대륙 강대국의 식민지 쟁탈 시절, 전위 요새를 기반으로 발전한 군사 요새가 도시의 모체이다.

바닷길로 80일이나 떨어진 구대륙의 위정자들이 지도를 고정하기 위해 압정을 꽂다가 실수로 요새를 표시하는 압정을 지도 모서리에 꽂았다.

그리고 그로 인해 오지인 이곳에 요새가 지어졌다는 우스갯소리 비슷한 전설이 전해진다.

도시의 외관은 높이 6미터의 성벽이 도시 전체를 감싸고 있다.

직삼각형 외 성벽의 둘레가 무려 12킬로미터.

삼각형 중 서쪽을 향하는 꼭짓점에는 성루와 요새 탑이 오밀조밀 밀집되어 성탑군을 형성하고 있다.

마법 난사에 제격인 높이와 위치.

현재 툴바 시는 요새 도시의 특성상 과밀했고, 도시 주변으로 기본 규모 이상의 부락들이 흩어져 있어 도시의 발전을 부분적으로 흡수하는 중이다.

그렇게 서부로 향하는 개척민과 모험가들이 선호하는 출발지 중 하나가 되었다.

당연히 거주 인구를 능가하는 유동 인구가 상당한 곳.

요새 수비병 일천 명에서 시작한 도시는 근래 30년 사이에 급속도로 팽창해 기존 랜슨 남작령의 영지 수도를 능가하는 호황을 누리고 있는 중이다.

당연 걷어들이는 세수가 만만치 않다.

그 중요도 때문에 현 랜슨 남작이 일 년 중 절반을 이 도시에서 영지 사무를 보고 있다.

임시 영주관 대전.

과거 식민지 시대에는 나이트 홀로 사용하던 곳이다.

나이트 홀은 그 옛날 군대의 작전 회의실로, 지금은 영지민의 청원을 듣는 공개적인 장소로 바뀌었다.

지금 사이드 랜슨 남작이 영지민들의 청원을 듣고 있다.

근래의 청원은 비슷한 사안의 중복이라 빠르게 끝이 났다.

청원인들에게는 절박한 사정이지만, 짜증스러운 일관된 핵심은 하나다.

"광산 캠프에 오크들이 난입해 기물을 파괴했습니다. 토벌을……."

"경기병 중대의 순찰을 늘이고, 발견 즉시 섬멸하라!"

"밤마다 부락으로 오크 떠돌이들이 숨어들어 와 가금류를 훔쳐 갑니다. 자경단이 중무장하도록 무구류의 지원을."

"가슴받이와 투구를 내어주고, 참전 군인 출신자 위주로 중무장토록."

"오크들이 상단을 습격해 사람이 상했습니다. 토벌과 최소한의 보상을⋯⋯."
"보상? 허, 영지 경계까지 상단 호위로 영지군을 투입토록."

대부분이 떠돌이 오크에 대한 불만이다.
근자에 부쩍 소규모 무리가 주변을 돌아다니며 여행객과 후미진 농가를 약탈했다.
떼강도, 야적 수준이지만 경무장한 자경단이 감당할 수준을 넘고 있다.
"오─크, 오─크, 여기도 오크, 저기도 오크. 입에서 '오' 소리만 나도 내 귀에서 '크'라는 환청이 들리니⋯ 이거, 어디 신경에 질 나서 살겠나!"
랜슨 남작은 손을 휘휘 내저으며 청원인이 물러나는 뒤에다 대고 짜증을 퍼부었다.
지마국 남작, 사이드 랜슨.
40대 중반의 다부진 체구의 기사 출신 영주다.
신대륙의 귀족들이 다 그러하듯이 구대륙에서 흘러온 무례한 모험가가 랜슨 가의 시조다.

무례한 조상의 피를 찐하게 이어받아 그림 속 귀족같이 우아하지도, 고귀하지도 않다.

　인간에게 절대적으로 적대적인 이종족, 일확천금을 노리고 건너온 맨주먹의 이민자 등 무법과 야만이 판치는 신대륙에 어울리는 귀족의 전형.

　랜슨 남작을 보좌하는 행정관과 징세관, 세리들이 빙그레 미소를 지으며 그런 남작에게 몰려가 조용조용하게 다음 청원인에 대한 정보를 알려주었다.

　아직 마지막 청원자가 남아 있었다.

　남작은 청원이 모두 끝난 줄 알았는데 단독 청원이 들어왔다 하자 흥분을 가라앉혔다.

　"단독 청원?"

　단독 청원은 으레 큰 이권과 연계되어 있다.

　큰 이권은 국가권력의 비호가 필수.

　최소한 영주의 비호가 있어야 이권 축에 낀다.

　당연히 지금처럼 흥분한 상태에서 접견해선 안 되는 상대들.

　세리들의 정보에 이채를 띤 랜슨 남작은 수염을 배배 꼬으며 호기심을 표했다.

　단독 청원은 당연히 받아들여졌다.

　"들라 해! 이야기는 들어보지……."

　잠시 후, 작은 상자를 들고 덩치 큰 노인과 빛바랜 기사 정복을 입은 중년인이 들어왔다.

　노인은 은퇴한 용병 출신이라 했고, 중년의 기사는 독립 전쟁에 참전한 참전 기사라 했다.

　덩치 큰 노인의 차림은 변경에서는 보기 힘든 치장과 복식을 하고 있었다.

　하지만 너무 요란하고 현란해 천박한 졸부 냄새가 났다.

　들어서는 외관만으로는 횡재한 상인과 그를 호위하는 용병 기사 같은 모양새.

　먼저 상당한 수준으로 차려입은 덩치 큰 노인이 소개를 했다.

　"영주님을 뵙습니다. 트레비 마을의 촌장 존드입니다. 그리고 이 사람은……."

　"트레비 마을의 자경단장 유타 크루즈입니다."

　빛바랜 기사 정복의 중년인이 촌장의 말을 끊고 자신을 직접 소개했다.

　기사는 촌장 존드가 나서서 자신을 소개할 기회를 주지 않았다.

　이 불쾌한 자가 자신의 이름을 입에 올리는 것을 극도로 싫어함을 대놓고 드러냈다.

　존드라는 노인은 유타가 자신의 소개를 직접하자 볼을 실룩거렸다.

　서로 동등한 위치에 있음을 유타가 표한 것이고, 이는 사실

이지만 거액의 자비를 들여 이 자리를 만든 존드로서는 불쾌했다.

유타의 소개가 끝나기가 무섭게 랜슨 남작은 자리에서 벌떡 일어났다.

그리고는 부유한 촌장을 지나쳐 낡은 기사 정복을 착용한 유타에게 다가가 악수를 청했다.

"여~ 숲의 악마라 불리는 그 크루즈 경 아니신가! 경이 소속된 유격기사단! 정말 대단했지, 대단했어! 어서 오시오, 전우!"

랜슨 남작은 유타를 악수로도 모자라는지 끌어안으며 환대했다. 그리고 등을 두드리며 진심으로 환영했다.

근 120년 동안 신대륙 연합과 구대륙 연맹과의 독립 전쟁이 7차에 걸쳐 있었다.

대대적인 것만 7차례다.

소소한 충돌은 이루 말할 수 없었다.

대륙과 대륙이 맞붙은 마지막 전쟁이 18년 전이었다.

랜슨 남작도 참전해 처절하게 싸웠다.

이때까지의 독립 전쟁이 그러했듯이 전쟁은 이긴 것도 진 것도 아닌, 흐지부지하게 끝났지만……

전우애는 끝나지 않았다.

참전한 것만으로도 형제라고 랜슨 남작은 입버릇처럼 이야기했다.

두 사람의 포옹은 같은 전선에서 복무하지는 않았지만 나름의 의미가 있다.

유타가 속한 유격기사단의 활약은 눈이 부신 것이었다.

늘 적 후방에서 보급 물자를 불태우고 요인을 납치하며, 부역자를 처단했다.

그래서 유격기사단 내 생존자는 지금처럼 참전 군인이라면 이름을 알고 있을 정도로 극소수였다.

이를 지켜보는 존드는 불쾌감도 잠시, 자신의 짐작이 적중하자 의미심장한 미소를 지으며 두 사람에게서 한 발짝 물러났다.

'휴, 영주가 참전 군인들을 깍듯이 대우한다더니 사실이구나. 유타에게는 미안하지만 마을이 위급하니 얼굴 좀 팔아야겠어! 그게 유타 경을 대동한 이유 아닌가. 후후.'

유타 크루즈는 촌장의 의도적인 동행을 못마땅해했지만 마을의 위기를 극복하기 위해 빛바랜 기사 정복을 내어 입어야 했다.

끔찍한 추억이 배어 있는 제복이다.

그런 걸 아는지, 아니면 자신도 경험한 참담한 기억 때문인지 남작은 눈물까지 글썽이며 과거의 참상과 고난을 회상하는 듯했다.

행정관이 흠흠거리며 신호를 보냈다.

퍼뜩 냉정을 찾는 랜슨 남작.

"하하, 크루즈 경! 우리 밤새도록 마셔봅시다. 자자, 우선 이야기부터 듣고 회포를 풀도록 합지요. 저기 저 자리에 편히 앉으시오. 전우를 세워놓고 청원을 듣자니 거북해서……."

"영주님의 배려에 감사합니다."

"전우 아니요, 전 · 우!"

유타는 영주가 내어주는 자리에 착석했다.

남작도 단 위의 화려한 의자로 다시 돌아갔다.

홀에 서 있는 사람은 존드라 소개한 넘치도록 부유해 보이는 노인뿐이다.

성이 없는 존드는 불쾌해하지 않고 가지고 온 상자를 행정관에게 건넸다.

동작 하나하나가 정중한 듯했지만 과장된 모양새를 취했다.

"약소하지만, 트레비 마을의 성의입니다."

행정관은 상자를 열어 내용물을 랜슨 남작에게 먼저 보였다.

홀 안에 노란빛이 퍼졌다. 작은 상자 안에는 금화가 가득 들어 있었다. 행정관과 징세관의 얼굴이 밝아졌다.

역시 트레비 마을은 부유한 마을이었다.

그러나 그것은 의문이 가득한 부다.

그런지 남작은 심드렁히 입을 열었다.

"트레비 마을이라… 처음 듣는군."

남작의 뒷말에는 싸늘하고 가시가 돋쳐 있다.

전우를 반가이 맞이하던 격정적이고 따뜻한 모습은 온데 간데없다.

눈매는 뱀처럼 차갑게 사나워지고 입은 기이하게 말리며 심술궂은 미소를 지었다.

금화에 혹한 모습이 아닌 건 확실.

금화 상자를 갈무리한 행정관이 급히 나섰다.

남작이 트레비 마을에 대해 알고 있는 선입관은 행정관도 안다.

"그러니까, 이곳에서 일주일 거리에 있는 오지 개척촌입니다. 지금은 행정력이 미치지 않는 곳이지만 조만간에 행정관의 파견이 필요할 정도로 부락에서 마을로 급성장하고 있는 곳입니다."

"그래? 세금은? 트레비 마을을 관장하는 세리가 여기 있는가?"

"그것이… 거리도 멀고 행정관이 파견되어야 세수를 파악할 터인데……."

행정관은 우물거렸다.

"흥, 언제부터 세리보다 행정관이 먼저 파견되었나? 세리가 없으면 촌장이 나서서 세금 징수 업무를 대행하는 게 관례 아닌가?"

"······!"

행정관이 얼굴이 벌게져 뒤로 물러났다.

남작의 노여움을 버텨낼 자신이 없어서다.

남작은 존드를 적대적으로 꼬나보았다.

전쟁을 겪은 기사의 투기가 담겨 있다.

"후후, 독립 정신이 투철한 마을이로군! 독립투사들의 마을인 것 같은데 무엇이 아쉬워서 본 영주를 찾아왔지?"

"그, 그러니까······."

갑작스러운 영주의 태도 변화에 존드는 할 말을 못하고 우물쭈물거렸다.

사나운 귀족을 모신 적이 없는 자유인 존드로서는 영주의 돌변한 태도에 갈피를 못 잡아서였다.

그리고 트레비 마을이 독립투사의 마을이라고?

구대륙과의 독립 전쟁이 장기화되자 많은 신대륙 사람들이 서부로, 서부 내지로 터전을 옮겼다.

처음에는 구대륙 압제자들이 부과하는 터무니없는 세금을 피해서, 이후에는 기나긴 독립 전쟁에 삶의 터전이 불타 버려서 내륙으로 터전을 옮겨야 했다.

어떤 이유에서든 구대륙 압제자들에게 원한이 깊을 수밖에 없다.

이런 마을들이 독립 전쟁 시 독립군에 아들과 남편을 내보냈고, 후방 병참 지원을 했다. 그렇게 타의에 의해 이주했고 독립 전쟁에 헌신한 부락을 독립투사의 마을로 높여 불렀다.

독립투사의 마을로 인정된 부락민들은 그 자부심이 남달랐다.

하지만 트레비 마을은 압제자들을 피해 생겨난 독립투사의 마을이 아니었다.

엄연히 한몫 잡겠다는 모험가와 이기적인 개척민을 수용하면서 생긴 마을로, 독립 전쟁 시에도 일체 무관심으로 일관했다.

이는 트레비 마을을 암중에 장악한 촌장 존드의 영향이 컸다.

존드는 구대륙이든 신대륙이든 어떤 통치자들에게도 협조하지 않았다.

마을의 존재를 철저히 숨기고, 실상을 왜곡했다.

이기적인 부락민들과 기회주의자인 존드의 성정이 이를 가능케 했다.

신대륙 자유인 존드!

느물한 용병 출신으로 트레비 마을을 무법지대로 장악한 악당 중에서도 악당.

그 악당이 더 큰 악당 앞에 몸을 떨고 있다.

더 큰 악당은 권세의 악당.

존드는 용력이 일천한 하수들만 상대했고, 강한 자는 의도적으로 피했다. 오지의 개척촌이라 이런 것이 통했다.

패거리를 모으고, 그 무법자들과 작당했기에.

그런 탓에 노인이 되어서도 군림하는 자들의 위세를 직접적으로 접한 적이 없었다.

귀족과 이웃하지 않고 사는 것, 신대륙의 좋은 점이 바로 이 점이다.

존드는 그만 저도 모르게 고개를 숙였다.

부유한 차림으로 거들먹거린 게 오히려 역효과를 불렀다.

그리고 내놓은 기회주의자가 뻔뻔하고 당당할 수 있는 상대가 아니다.

영주는 전쟁의 참화 속에서 극한을 경험한 군 출신.

존드는 구원의 눈빛을 의자에 앉아 있는 유타에게 돌리고 만다.

유타는 존드의 꼼수가 틀어졌음을 직감하고 나서기로 했다.

유타도 이미 염두에 둔 상황이다.

주변에 악명 높은 존드를 이곳 영주가 관할 밖이라고 모를 리 없다.

마을에서 존드의 행사는 늘 불편부당하고 억지였지만 마을이 당면한 위기는 피하고 보아야 했다.

유타가 의자에서 일어나 부동자세를 취하며 군대식 보고로 상황 설명을 했다.

랜슨 남작과 연배가 비슷한 유타지만 최대한 정중하고 간

곡한 어투를 사용했다.

"영주 각하! 트레비 마을은 개척촌입니다. 주민은 늘 들쭉날쭉하고 변동이 심한 곳입니다. 이제야 마을다운 기반이 갖추어지기 시작해 올해부터는 랜슨 영지에 세금을 납부할 수 있을 것입니다. 그러니 부디 청원을 노여움없이 들어주십시오."

지금부터 랜슨 남작령으로 귀속할 터이니 청원 자격을 부여해 달라는 요지.

영주는 손을 들어 유타의 말을 가로막았다.

"오~ 미래의 나의 영지민이라 이거지? 좋아! 그렇다, 이거지? 존드 영감! 청원을 말해보시오."

영주는 말은 그렇게 했지만 전혀 우호적인 태도를 취하지는 않았다.

매섭게 존드를 계속 내려다보며 상대의 반응을 관찰했다.

대단히 심기가 꼬인 남작의 심술스러운 행태다.

"가, 감사합니다, 영주 각하! 그, 그러니까……."

존드는 좀체 이야기를 꺼내지 못하고 한참을 답답히 굴고 만다.

남작이 존드를 향해 내뿜는 투기가 그치지 않고 있어서다.

"나아~참, 크루즈 경이 대신 말하시오. 거친 모험가들의 등가죽을 코 훔치듯이 벗긴다던 그 박피상인 존드 영감이 무엇이 두려워서 더듬거리기는."

"……!"

인피(人皮)상인 존드.

피도 눈물도 없는 비정한 인물이라고 붙여진 촌장 존드의
별명이다.

촌장 존드는 자신을 흉악무도한 존재로 부각시키는 이 별
명을 자랑스러워했다.

개척지에서는 누가 더 무지막지한가에 경쟁을 한다.

한 발짝만 나서면 무법지대 아닌가.

흉측한 별칭이 붙으면 붙을수록 거래에서 한주먹 먹고 들
어가는 게 개척민 사이의 거래다.

영주는 의외로 트레비 마을 촌장인 존드에 대해서 듣고 있
었다. 아니, 존드가 촌장인 트레비 마을에 관심이 많았다.

이곳을 중심으로 흩어지던 모험가와 개척민들이 근자에
트레비 마을을 중심으로 흩어져 유심히 동향을 살피는 중이
었다.

아직은 툴바 시를 대신할 정도는 아니지만, 그냥 놔두면 10
년 안에 툴바 시의 역할의 일부를 대신할 정도로 커질 수가
있다.

신대륙, 독립 신왕국들의 골칫덩어리인 자유시로 발전할
공산이 큰 마을이다.

장내에 잠시 침묵이 흐르고 참전 용사인 유타가 다시 나섰다.

랜슨 남작, 고귀함은 없어도 귀족은 귀족이었다.

게다가 전쟁을 경험한 군인이 아닌가.

자신의 영지뿐만 아니라 변경의 개척 마을에도 관심을 가지고 있음이 확연히 드러났다.

처음 들어본다 해놓고 트레비 마을에 대해서 잘 알고 있다. 이는 청원에 절대적으로 불리한 정보다.

'당연히 트레비 마을의 무법 상태도 알 것이다. 솔직하게 말하자!'

법으로 금한 편법적 노예 거래, 오크 부족과의 암거래, 노예 매춘, 폭리, 단합, 개척민 착취⋯ 그리고 반하는 이에 가하는 조직 폭력.

그 점 때문에 존드를 불쾌히 대하는 것이다.

이 모든 불법적인 거래에 발을 들여놓은 이가 촌장 존드다. 말이 촌장이지 무법자들의 큰형이자 무법 지대의 판관.

오지의 촌장답지 않은 장내의 제일 부귀한 차림이 가능한 이유다.

존드를 아는 사람이라면 이름만 들어도 땅에 침을 뱉고 귀를 씻었다. 트레비 마을에 존드 같은 인물이 있는 한 남작의 호감을 얻기는 그른 것이다.

유타의 마음이 급해졌다.

이제는 같은 인간으로서 동정심이 일도록 간곡하게 부탁하는 수밖에 없는 것이다.

"영주님, 뻔뻔한 부탁이지만 저희 트레비 마을을 구해주십시오."

남작은 심드렁히 되물었다.

"무엇으로부터?"

남작은 알면서 묻고 있다.

"오크입니다. 아니, 오크 떼입니다. 아니, 오크 부족입니다. 강력한 오크 부족이 트레비 마을을 향해 동진 중입니다. 아니, 트레비 마을을 넘어 랜슨 남작령까지 침범할 것입니다. 규모는 기만이 넘는 것으로 모험가들이 알려주었습니다."

유타는 급한 나머지 '아니'라는 표현을 연발했다.

남작은 오크 부족의 무리수가 기만(幾萬)이라는 말에도 표정에는 변화가 없다.

다 알고 있는 상황이 아닌가.

이미 징조는 넘치도록 있었다.

소규모 떠돌이 오크 무리의 준동.

늘 대부족의 이동이 있을 시 나타나는 현상.

기만의 오크가 동쪽으로 이동하면 군소 부락의 오크들은 자연히 밀려서 천지사방으로 흩어지기 마련이다.

근자에 군소 오크 무리들이 기승을 부릴 때부터 남작은 나름의 대책을 강구하며 준비하는 중이다.

　준비도 차곡차곡 진행 중이며, 왕도의 지원 부대도 구성 중이다. 하지만 바로 이 장소에서는 밝힐 순 없는 일.

　"헛～참, 또 오크로 시작해서 오크로 끝나게 생겼군."

　"……?!"

　남작으로선 하루 종일 들어온 청원이 오크에 관한 내용이다. 이권이 없는 청원은 지루할 뿐.

　"어떻게 도우라고?"

　"그, 그것이… 군대를 파견해 주십시오. 마법병단도… 같이."

　구체적인 사안에서 유타는 우물거렸다.

　실현 가능성이 없는 내용이 대부분이었기 때문이다.

　하지만 촌장인 존드는 가능하다고 착각하고는 우기다시피 해서 이 자리에 온 것이다.

　존드의 요구 상황을 유타는 불가능한 내용임을 알면서도 말하고 만다.

　일단은 촌장 존드가 옆에 있으니 말은 했지만 얼굴이 벌게졌다.

　뇌물이면 가능하다는 촌장 존드의 삐뚤어진 세상 인식이 한몫했다. 그리고 그 판단에 어느 정도의 근거가 있었다.

　랜슨 남작이 근자에 상단과 상인들에게 무리한 상납을 요구했다. 소문만으로는 뇌물을 밝히는 영주로 보일 것이다.

그 소문에 근거해 금화 상자를 준비했다.

자유인 존드는 남작령에서 벗어난 트레비 마을이지만, 미래의 상납금에 혹해 영지군을 파견해 마을을 보호해 줄 것이라는 착각을 하고 만 것이다.

하지만 군 복무 경험이 있는 유타의 생각은 달라도 한참 달랐다.

늘 일정 수의 영지군을 유지해야 하는 게 신대륙, 신왕국의 영주들이다.

오크들의 발호에 대비하는 게 아니라 구대륙과의 언제, 어디서 발생할지 모르는 전쟁에 대비해 준비가 되어 있어야 했다.

그리고 이는 법을 통해 강제적으로 규정되어 있다.

구대륙의 그 흔한 영주전도 신대륙에선 흔치 않다.

이웃과 시비할 겨를이 없기에.

게다가 농노제가 없는 신대륙에선 영지군의 구성 성격이 달랐다.

농노를 차출하거나 영지민 중에서 강제로 징집하여 만들어지는 영지군인 구대륙의 영지군과는 차원이 다르다.

신대륙에선 모두가 자유인.

신대륙의 대륙법은 거주 이전의 자유가 제일의 권리로 규정되어 있다.

신대륙의 인류는 모두 자유인이며, 거주 이전의 자유를 누리고 그 권리를 행사한다.

　　신대륙법 제일조 일항에 올라 있는 제1원칙이다.

　　그런 이유로 신대륙의 영지군은 말이 영지군이지 모두 기간 계약에 의한 직업 군인들이다.

　　군복을 입은 장기 고용 용병에 더 가깝다.

　　영지군이 국가 상비군에 비해 질은 낮지만, 엄연히 복무 규정이 있고 이에 따른 급여가 지급되는 직업인이다.

　　전사하면 보상금과 그들의 가족을 부양할 책무까지도 영주가 져야 했다.

　　그래서 영지군은 귀중한 인적 자원이었다.

　　그 귀중한 영지군을 오크 토벌에 동원해 병력에 타격이라도 받는다면 대내외적인 원망은 랜슨 남작이 지는 것이다.

　　물론 신대륙 영주도 사적으로 영지군을 유지한다.

　　하지만 공적인 전쟁 준비가 우선이다.

　　병력이 줄면 모병을 하고 계약하면 된다지만 뜨내기가 아니면 영지군에 지원하지 않는다.

　　한번 줄어든 영지군을 채우려면 복무 조건을 개선하고 월급을 올려주어야 하는 맹점이 있다.

　　그래서 영주들로서는 영지군의 유지가 여간 곤욕이 아니다.

늘 '신대륙 자유인 존드' 운운하면서 그런 기초 배경 지식도 없는 존드.

랜슨 남작의 답은 어이없다는 투로 튀어나왔다.

"쿠르즈 경! 영지군을 여기 든든한 성채를 놔두고 멀리 떨어진 데다, 낡은 목책을 등지고 오크들과 싸우라는 말이오? 오크의 야습을 엉성한 목책으로 막기는 요원하오. 당신이 더 잘 알면서 그런 소리가 나오다니… 제정신이오?"

제정신이냐는 마지막 말은 촌장 존드를 빤히 보며 했다.

그리고 한심하다는 투로 말을 이었다.

"청원은 안 들은 것으로 합시다. 마법병단? 남작령에 마법병단이라니? 왕도와의 연락도 겨우 떠돌이 메이지를 파트 타임으로 고용해 정기 연락을 주고받는 형편이오. 설사 마법병단이 있어도 든든한 성벽 위에서 범위 마법을 날리지, 구멍이 숭숭 뚫린 목책 뒤에서 마법을 날리게 하지는 않을 것이오. 그리고 어느 골 빈 메이지가 사방이 노출된 곳에서 전투를 치른다고 생각하시오? 꿈 깨시오, 존드 영감!"

"……!"

촌장 존드는 할 말을 잃었다.

이미 마을에서 자경단장인 유타에게서 들은 말의 재탕이었다. 마을에서야 자신의 권위와 세가 우세하므로 비웃고 말았지만, 실상을 확인하자 몸 둘 바를 몰랐다.

금화 상자가 건네지고 나서는 뻔뻔한 배포도 사그라진 것일까?

영주가 자신에게 적대적이긴 하지만 틀린 말이 아닌 건 확실했다. 괜한 요행을 바란 것이고, 유타의 의견이 맞았다.

촌장 존드는 마을의 자경단장인 유타와는 늘 대립각을 세웠다.

유타에게 인심이 쏠리자 괜한 자존심으로 우겼고, 결국 이 자리에서 절망을 맛보고 만 것이다.

남작은 이번에는 부드러운 어투로 청원의 끝을 마무리했다.

윽박질렀으니 이제는 달랠 차례.

"30년간 고생해서 이 자리에 온 자유인 존드! 신대륙의 꿈을 본 노인. 부탁하건대 괜한 욕심 부리지 말고 마을을 해체하고 피해 있기를 권하오! 이번 오크의 난동은 예사 규모가 아니라오! 나 역시 욕을 먹어가면서 뇌물을 중앙에 쳐바르는 중이오, 틈바 시로 마법병단을 파견해 달라고! 공작이든 후작이든 국왕이든 가리지 않고 청탁을 하는 중이다, 이거요! 이곳에서 힘을 합쳐 오크를 퇴치하고 마을을 재건하시구려. 행정관, 상자를 돌려주게."

"……!"

청원실에는 잠시간의 적막이 흘렀다.

행정관은 아까워하며 금화 상자를 존드에게 돌려주었다.

남작은 소문과는 달리 금전 관계는 깨끗했다.

상인들에게서 각출한 돈은 왕도의 마법병단을 빌리기 위해 쓰인 것이다.

랜슨 남작의 존재감이 커다랗게 다가왔다.

영주는 영주였고, 귀족은 귀족이었다.

"쿠르즈 경은 남아서 식사나 같이합시다. 내 할 말도 있고……."

*　　　*　　　*

존드는 어깨가 축 처져서 숙소로 돌아왔다.

단독 청원을 주선한다고 소개비만 날린 셈이다.

마을의 자경단장인 유타는 영주의 저녁 초대에 응해 남아야 했다.

방에 홀로 있자 생각이 복잡해지는 존드다.

마지막에 영주가 한 말에 그만 그러겠다고 답하려 했지만, 어르고 달래기는 자신도 일가견이 있어 넘어가지 않았다.

생각은 정리도 안 되고, 유타와 영주가 자신을 비웃고 있다고 여겨져 분노와 배신감이 감정을 지배했다.

쓸데없는 공상에 화가 뻗치자 지하 주점에 내려가 폭음을 하고 말았다.

트레비 마을은 자신의 땀과 피였고, 무수한 이들의 고혈로 이룬 자신만의 성(城)이다.

최근 이삼 년 사이에는 더욱 호황이어서 십 년 벌이를 한 해에 벌어들이고 있다.

그렇다.

최근 삼 년은 자유인 존드에게는 천국의 나날이었다.

이 지하의 고급 술집을 이용할 정도로 자신은 부유해졌다.

이대로라면 그 터전을 버려야 할 판이다.

이름도 거창한 고급 술병들이 탁자에 차곡차곡 쌓였다.

한번 마시면 끝장을 보는 존드지만 정신은 맨 정신이다.

'동업자는 독살하고, 동료들은 하나둘 지치게 만들어 쫓아 보냈다. 트레비 마을을 장악하기 위해 의리와 신의를 버렸다. 정말로 마을을 해체하고 툴바 시로 들어와야 할까? 그럴 수는 없다! 어떻게 마련한 터전인데. 다시 돌아간다면 내 지위가 유지될지도 미지수다. 유타가 등장하고부터 많은 주민들이 나에게서 등을 돌렸다. 폐허에서 재건이 시작되면 처음부터 다시 시작이니 나 같은 욕심쟁이는 배척할 수도 있다. 지금 같은 영향력을 행사할 수 없을 터. 그래, 사실이다. 맞다! 영주는 유타를 포섭하려 한다. 트레비 마을이 다시 재건되면 기사 출신인 유타를 행정관이나 세리로 지목할 수도 있다. 아니다, 영주가 직접 오갈 수도 있지. 트레비 마을은 매력적인 마을이니……. 안 돼! 내가 피로 이룩한 나의 성이다. 누구에게도 넘겨줄 수 없다! 방법을 찾자.'

악당다운 천성과 노인의 고집이 존드의 생각을 지배하고

말았다.

존드는 여러 가지의 수를 머리에 떠올리며 대책 마련에 부심했다.

젊은 시절의 패기는 사라지고, 덩치에 어울리지 않는 잔머리만이 완숙의 경지에 든 존드.

하지만 오지 마을을 장악하는 것과 오크를 퇴치하는 것은 별개의 문제다.

정치와 전쟁은 같은 말이지만 오크를 상대로 흥정은 통하지 않는다.

그 사실은 이미 오래전에 몸소 체험했고, 오크와 협상은 전멸이냐 노예냐를 흥정할 때임을 용병 시절에 이미 터득했다.

그러자 떠올리기 싫은 기억이 되살아났다.

젊은 시절, 빈 오크 부락에 들어가 암컷 오크과 어린 오크들을 재미 삼아 죽인 경험.

그때가 생각나자 온몸에 소름이 돋는 존드다.

광맥 탐사에 나선 탐사대와 호위 용병단을 합쳐서 일백의 장정들이 참여했다.

탐사하려는 지류에 오크 부락이 있었고, 구대륙 출신 탐사대장은 소탕을 명령했다.

다들 경험이 없어 지시를 따랐다.

성인 오크들이 사냥을 떠난 부락이라 힘들이지 않고 약한 오크들을 학살했다.

오크 암컷과 새끼들을 죽일 때의 손맛이 술잔을 쥔 손에 전해졌다.

하지만 그 짜릿한 손맛은 오래가지 못했다.

그리고 결과는 참혹했다.

보름간 잠도, 물도 제대로 취하지 못하고 분노한 오크 워리어에게 추격당해야 했다.

오크 워리어.

탐사대를 추격한 것은 단 한 마리였다.

인간 기사에 상응하는 완력에, 레인저에 버금가는 매복 공격을 퍼부어댔다.

안전하다 싶으면 나타나 일행들을 하나둘 줄여 나갔다.

그러다 간신히 트레비 마을에서 구조되었다.

탐사대와 용병단을 합쳐 일곱 명만이 살아남을 수 있었다.

정신을 차리고 나서도 트레비 마을을 좀체 벗어날 수가 없었다.

숲에서 오크 워리어가 자신이 나오기를 기다리는 기분이 들어서다.

그렇게 트레비 마을에 정착했다.

그렇게 고만고만하게 살 만했는데 7차 독립 전쟁이 터지고, 징집을 피해 이기적인 뜨내기들이 몰려왔다.

존드는 그들을 규합해 트레비 마을을 장악할 수 있었다.

자기반성과는 거리가 먼 회상이 이어졌고, 당연히 뾰족한

대책은 떠오르지 않는 존드다.

오크 워리어에 대한 아픈 기억만 새록새록 떠올랐다.

그 광포함, 잔인함, 지능적인 추격.

심장이 벌렁거렸다.

기괴한 괴성, 섬뜩한 흑녹색 눈. 장대한 체구. 어둠과 구별되지 않는 진녹색 피부.

참혹하게 죽인 동료들의 사체를 나무에 걸어 길 안내를 했다. 두 눈이 파헤쳐진 검붉은 동공. 다시 살아나는 참상.

심장이 오그라들었다.

숨이 턱 막혀왔다.

존드는 과거의 악몽에서 벗어나지 못했음에 버럭 화를 내고 말았다.

"씨팔! 오크 때문에 촌구석에 틀어박혔는데 또 오크 때문에 기반을 버리게 생겼으니…… 안 돼! 빌어먹을 오크!"

저도 모르게 술잔을 내팽개쳤다.

챙—!

지하 주점의 시선이 존드의 좌석으로 쏠렸다.

그렇지만 다들 그러려니 하며 고개를 돌렸다.

다들 오크 떠돌이에게 물건을 털린 상인으로 보는 눈치.

부쩍 저렇게 홧술을 마시는 상인들이 늘어 다들 이해한다는 표정.

하지만 한 인물이 존드를 향해 다가왔다.

"여어~ 이게 누구신가? 차림이 어리어리하여 긴가민가했는데 '박피상인' 존드 아니신가?"

인피상인인 존드는 자신을 품위있게 불러주는 인물에게 시선을 돌렸다.

빈 잔만 뱅글뱅글 돌리며 다가오는 위인이 눈에 들어왔다.

눈에 확 들어오는 외모에 세련된 차림의 중년의 메이지다.

세련된 차림?

은은한 흑적색이 감도는 보라색 메이지 로브, 기괴한 형이상학적 문양들이 로브 곳곳에 새겨져 있다.

출세한 마법사의 전형적인 모습이라 할 만했지만⋯⋯.

쪼금 요란한 편.

"힝~ 난 또 누구라고, 접시 돌리기 명인이 아니신가. 간만은 간만이군. 누군가의 칼에 뒈진 줄 알았는데 용케도 명줄을 지키고 있어."

"어허~ 목소리가 크네! 접시는 아무나 돌리나, 허허."

존드를 아는 체한 메이지는 존드와 마주 보며 앉았다.

일반인이 한 번 보기도 어렵다는 메이지를 눈앞에 두고도 존드의 반응은 시큰둥이다.

메이지도 메이지 나름이다.

중년의 메이지는 여전히 빙글거리며 들고 온 빈 잔에 빠르

게 술을 채웠다.

잔을 채우는 메이지의 미소는 참으로 선량하고 다정스러웠다.

'저 미소에 많이도 고개를 숙였지.. 흥!'

"무슨 고민이 있는 것 같은데, 내 귀가 수고할 대가는 이 한 잔으로 함세!"

"씨팔, 알아서 쳐먹고 꺼져! 니깟 접시돌이가 내 고민을 상담해? 웃기고 있어. 나, 존드라고! 자유인 존ㆍ드! 흰소리까지 말고 잔 채웠으면 꺼져!"

"어이쿠, 사나워라. 허허, 좋은 음식을 앞에 두고 흥분은. 오크 때문이지? 요즘 오크 때문에 술집 경기가 바닥이야. 오는 손님도 횟술이니……. 나, 이 사람. 술맛 떨어진 지 오래야."

중년 메이지는 존드의 짜증에도 아랑곳하지 않고 느긋이 자리를 잡는다.

다가온 이의 말대로 지하 주점엔 몇 사람 없었고, 흥청거리는 소음이나 호기를 부리는 외침도 없다.

다들 잔술을 홀짝이며 무언가를 궁리하는 모습들이다.

탁자 위에 병을 올려놓고 마시는 이는 존드뿐이다.

다들 잔술로 입술만 축이고 있다.

경기가 돌발수로 더러워지니 다들 향후 진로를 가지고 고민들이 많아 보였다.

이 지하 주점은 구대륙에서 넘어오는 순도 높은 증류주를 팔고 있다. 마법 처리가 되어 촛불에 비치면 파란색을 띠어 가짜가 있을 수 없는 술.

　당연히 비싸고, 신대륙 부호들의 상징으로 통했다.

　잘생긴 중년인은 어지간해서는 자리를 떠날 생각이 없는지 더욱 뭉그적거리며 존드의 정면으로 바싹 다가앉는다.

　'오 년 만인가? 그 정도 되었군.'

　존드는 아무 대책도 생각나지 않자 이 치를 통해 떠도는 소문이나 듣기로 했다.

　떠밀어도 일어날 것 같지도 않을 뻔뻔한 위인이 지금 마주한 이다.

　하도 안 가본 곳이 없다는 인물이고, 전해주는 외부 소식은 그나마 신뢰할 만했다.

　"한동안 뜸하더니, 접시는 안 깨졌어?"

　"허, 일찍도 안부를 묻는군. 내 접시야 무쇠 접시 아닌가!"

　"꼴에 메이지라 이거지? 호오! 메이지라……."

　존드와 마주한 이.

　도로안 문.

　아는 이들은 '돌' 이라 짧게 부른다.

　겉으로는 메이지들과 상인 사이를 오가며 마법 시약이나 마법 물품의 가격 흥정을 붙이는 일종의 브로커 역할을 하고

있다.

많은 메이지들을 고객으로 두고 그들이 원하는 물품을 대신 수소문해 구매해 주고 소개료를 챙겼다.

잊을 만하면 트레비 마을을 방문했고, 존드와 중요한 몇 차례 거래도 있었다.

마을에서 존드의 첫 기반을 도로안이 만들어준 걸 인연으로 많은 양보를 해왔다.

도로안은 존드에게 메이지라고 거들먹거리며 존드가 가진 물품을 몇 차례 거저먹다시피 챙겼다.

이는 존드가 트레비 마을에 정착할 당시의 이야기다.

그 당시 외모나 지금 외모나 변한 게 없는 인물이라 장수족인 메이지는 맞지만, 이제는 존드가 양보하지 않을 정도로 돌이라는 이 브로커 메이지에 대해서 바싹했다.

메이지라고 다 같은 메이지가 아니다.

도로안 문, 브로커 메이지. 또는 트릭커.

멋들어지고 화려한 로브를 입고 역량이 상당한 메이지인 척 자신을 높이고는, 멋모르고 우러러보는 일반인들을 기만하고 다녔다.

돌의 기만 행각은 구대륙에서부터라는 이야기가 있을 정도로 뿌리 깊고 오래되었다고 소문이 날 정도.

존드가 트레비 마을을 장악한 악당이라면, 돌이라는 메이지는 신대륙에 흔해빠진 사기꾼의 전형에 가깝다.

존드는 도로안을 그렇게 파악하고 있다.

거래 상대의 신뢰를 바탕으로 결정적인 순간에 기만을 놓았다.

심심찮게 고위급 메이지 이름을 팔다가 꼬리가 밟혀 잠적하기를 수차례다.

몇몇 메이지들이 트레비 마을로 돌을 잡으러 오지 않았으면 존드도 돌이라는 메이지에게 된통 당했을 것이다.

가격 후리기와 사기는 별개다.

당연히 돌은 신대륙 메이지 사회에서 경원당하는 존재가 되어야 정상.

하지만 죽지 않고 고정 거래처를 계속 유지하는 것을 보면, 메이지들이 원하는 마법 물품을 찾고 가격을 후리는 재주가 비상함이 확실했다.

아님 나름의 비장의 생존 책이라도 있던지.

그러나저러나 이 돌이라는 메이지는 빈틈을 보여서는 안 되는 인물임은 확실하다.

메이지들이 뿜어내는 신비한 매력에서 일반인들이 냉정해지기란 요원하다.

하지만 나름의 비법을 가진 존드다.

존드는 그를 '접시상인 돌'이라고 부르며 그가 짓는 부드러운 미소 속의 '신뢰'라는 최면에서 벗어날 수 있었다.

일단 유명한 접시돌이들의 공통된 면면은 호감 가는 외모

와 신뢰 가는 음색으로 무장하고 있다는 데 올 인하는 존드다.

"왜? 나, 메이지 맞아! 어디 감정이 필요한 물건이라도 있어? 우리 사이에 저렴하게 감정해 줄 수 있는데."

늘 선심 쓰듯이 접근 하는게 사기꾼들의 화술.

"우리 사이는 무슨… 얼굴만 아는 사이 가지고."

시큰둥하게 대꾸하며 거리를 두는 존드다.

역시 만만치 않은 존드.

'호오~ 존드가 거물이 되었다더니, 심기가 많이 굳어졌어.'

"에이~ 자꾸 거리를 두면 섭섭하지. 자자, 오크 이야기나 해봐! 이 차림으로 '압정 요새' 까지 왔으면 칼을 크게 뽑은 것 같은데, 어디 한번 들어보자고."

존드는 저도 모르게 영주에 대한 악감정을 섞어가며 트레비 마을이 처한 상황을 이야기했다.

"트레비 마을이 말이야… 요즘……."

세금 한 푼 안 낸 트레비 마을을 이곳 영주가 보호해야 한다는 억지가 이어졌다. 말미에는 영주와 술자리를 같이하고 있을 유타에게 기대를 품고 있는 눈치를 내비쳤다.

트레비 마을이 인근에 기댈 수 있는 강력한 무력 집단은 압정 요새가 유일하므로…….

"흠, 조만간 트레비 마을이 없어지는 데 '올 인' 이다."

"이 작자가! 공술 한잔에 맛이 갔나? 지금 어디서 헛짓거리야!"

"아참, 농담도 못하겠네. 왜 이리 사납게 구누? 장단 좀 맞추면 해결책을 제시할까 했는데… 공술이 깬다, 깨!"

"해, 해결책? 해결책이 있어?"

존드는 급한 마음에 돌의 멱살을 잡으며 바싹 다가들었다.

순간,

빠지직.

펑!

돌의 로브에서 푸른 섬광이 일며 스파크가 터졌다.

눈에 보일 정도의 강력한 정전기.

"허업!"

순간 존드의 머리카락이 한 올 한 올 곤두섰다.

"어이쿠, 이 친구! 나, 메이지라고 메이지! 아무리 아는 사이라도 메이지에 대한 기본 예의는 지켜야지. 쭛!"

강한 스파크 충격에 숨을 헐떡이고 마는 존드.

찌릿찌릿한 격통이 오래도록 온몸을 휘돌아 머리털로 빠져나갔다.

"헉, 헉. 방금 뭐야? 옷에서 파란 불꽃이……."

존드는 아픔보다는 생경하고 불쾌한 느낌에 이가 덜덜거렸다.

"낄낄, 멱살 들릴 일이 좀 많은 나 아닌가? 간단한 스파크

마법이 이 로브에 걸려 있다네. 아무리 안 지 오래고 격없이 지낸다고 해도 메이지를 함부로 손대면 안 되지! 암."

당해보니 로브에 걸린 마법의 용도에 대한 그림이 그려졌다.

"빌어먹을! 메이지는 메이지군. 미안하이. 워낙 좀 급해야지."

"오랜 우정으로 이해하지. 자, 그러면 벌주 석 잔!"

돌은 벌주 석 잔을 외치고는 로브 속에서 술잔을 세 개 내어놓으며 멋대로 채운다. 그리고는 모두 자신 앞에 당겨놓았다.

상대에게 권하는 벌주는 아닌 모양.

존드의 눈이 꿈틀댔다.

이곳의 술값이 장난이 아니므로.

"자작에 병째 들이붓게. 자네의 해결책이 합당하면 술을 사지, 내가 술을 산다고! 쩨쩨하게 하는 짓하고는……."

"허, 급하긴 급하군. 나한테 술을 다 산다 하는 걸 보니. 좋아, 내 알려줌세! 간단해!"

"……?"

"나를, 이 '돌' 님을 고용해!"

"……?!"

"허허~ 참, 말귀하고는. 나를 마을을 수호하는 메이지로 고용하라니까!"

"……!"

"쯧, 이봐. 이래 봬도 지마 왕국의 웬만한 메이지들과 교분이 있는 나라구. 이 몸이 나서서 트레비 마을을 보호할 마법 병단을 조직해 주지!"

"허? 마법병단!"

"이제 감이 오는가? 뭐, 공작가에만 마법병단이 있다고 생각하면 오산이지. 떠돌이 메이지, 수련비가 궁핍한 메이지, 도망 중인 메이지 등… 내가 마을을 수호할 팀을 만들어봄세!"

"자네가… 가능할까? 자네는 1써클에, 브로커 메이지잖아?"

"흐흐, 자네만 조용하면 5써클 마도사가 나야! 후후."

"같은 메이지를 상대로 사기를 놓는다고?"

"허허, 이 친구. 내가 언제 메이지들에게 사기를 놓는다고 했는가. 메이지들이 보기에 나는 엄연히 존중받을 가치가 있는 메이지야. 이 탱탱한 피부를 보고도 모르겠나. 게다가 돈 나올 자리가 확실한 일자리를 소개하는데 뭐가 사기라는 거야. 한 열 명의 메이지만 모으면 트레비 마을은 영원히 자유인 존드의 것!"

"오~! 저, 정말?"

"늘 속이고 살아놓아서 믿기 어려운가? 그럼 이런 말을 해주고 싶군!"

"……?"

"속는 셈 쳐!"

"음, 익!"

"하하하."

"난 심각하네. 자네 유머는 재미가 없어. 구체적으로 어떻게 추진할 것인지 말 좀 해봐!"

존드의 말투가 제법 부드러워졌다.

묘하게 애가 닳았다.

자신이 나서서 메이지들을 수소문할 수는 있지만, 시간과 메이지를 평가할 안목이 없다.

그리고 실력이 떨어지는 메이지들이라도 고고했다.

일개 마을에서 고용할 신분이 아니다.

게다가 메이지는 같은 메이지만이 평가할 수 있지 않은가.

메이지들의 분파 역시 너무도 다양하고.

그것을 안면있고 만만한 메이지가 맡아준다는 데 생각이 동했다.

이놈은 사기꾼이다! 이놈은 사기꾼이다라고 속으로 반복하면서도 돌에게 매달리는 자신을 스스로도 알 수가 없는 존드.

"후후, 급하긴 급하군. 이 툴바 시만 해도 제법 많은 메이지들이 방문하는 장소지. 뭐, 이런저런 이유가 있겠지만 대부분은 궁핍한 메이지들이라네. 수련비를 아끼려고 이곳까지 와서 마법 물품을 직접 사 가는 빈티 넘치는 치들이 상당수야."

"맞아! 우리 트레비 마을까지 오는 메이지들도 있었지. 음, 그 메이지는 '돌' 당신이고, 나머지는 당신에게 따질 게 있다고 찾아오는 메이지들이었군."

"허참, 이 친구, 초점 흐리게… 그건 그렇다 치고, 한 명당 얼마를 제안할 텐가? 메이지들도 급은 있지만 눈에 띄는 메이지들은 3, 4써클의 중견 메이지들이니 이들을 기준으로 가격을 정하면 되네."

"기준? 기준에 대해선 아는 게 없네. 아니야, 오래된 경험이지만 나에게 기준이 있어. 구대륙에선 용병 10명의 경비로 용병 기사를 고용했어. 그리고 용병 기사 열 명의 경비로 3, 4써클의 메이지를 고용했고!"

존드는 재빨리 과거의 경험을 끄집어냈다.

용병 출신다웠다.

"역시, 자유인 존드! 돈 이야기에는 누구도 자네보다 유리한 고지를 점하지 못할 것이네. 하지만 신대륙의 사정은 구대륙과 다르네. 구대륙에 비해 메이지들의 수가 턱없이 부족한 곳이야. 그 때문에 나라에서 메이지들을 우대하고 국가에 등록만 하면 국가 연공금까지 지급하지 않는가."

너무나도 유명한 메이지 우대책.

"그, 그렇지."

"신대륙의 시가는 용병 15명에 자유 기사 한 명. 자유 기사 15명에 3, 4써클 메이지 한 명이라네. 이해하기 쉽지?"

신대륙은 구대륙에 비해 모든 게 부족하고 가격이 배였다.

고급 인력에 대해서는 그 정도가 더욱 심한 편이다.

일명, 신대륙 프리미엄.

"끙, 인정하이! 자네의 계산에 사심이 없음을 무한한 신뢰로 인정하이."

존드는 무언가 희망이 보이자 돌의 계산에 찜찜한 하자가 있음을 느꼈지만 대화에 빠져들고 만다.

"자, 그러니까. 메이지 한 명당 용병 225명의 몸값으로 계산하면… 1,125실버로군. 즉, 한 달에 113골드!"

"헙! 113골드."

"역시, 가난한 트레비 마을로서는 좀 부담스러운 몸값이지."

"끙."

"트레비는 가난하지만 촌장인 자유인 존드는 하도 부유해서 트레비 백작이라고 불린다지, 아마?"

"끙! 비꼬지 말고 추진해 주게. 그런데 자네에게는 무슨 득이 있나?"

실력없이 입만 가진 돌의 인건비라도 깎아보려고 애쓰는

존드다.

홍정은 깎는 재미, 하지만 쉽지는 않다.

"자, 이제부터가 본론일세! 실망하지 말게. 한 달에 113골드를 지불해도 고용에 응할 메이지들은 없어! 콧대 높은 메이지들이 뭐가 아쉬워서 개척촌의 보호에 목숨을 걸까? 가난한 메이지라도 고용주의 됨됨이는 따지는 편이지."

"음!"

돌은 고용주로서 하자가 있는 존드를 대신해서 자신이 나서는 것이니, 자신의 몸값은 양보할 생각이 없음을 밝힌 것이다.

도로안이 괜히 브로커로 불리는 게 아니다.

그리고 혹을 붙인다.

"이름 없는 개척촌 보호! 메이지로서 자신의 경력에 오점이 될 수도 있는 거야."

"허!"

"그래서… 옵션 수당이라고 들어보았나? 구대륙 출신이니 알겠군."

"젠장, 말 좀 돌리지 말라고. 머리가 어질하이."

확실히 대화의 주도권을 쥔 돌이다.

"매년 메이지 한 명당 200골드씩 연공금을 지불한다고 약속하게. 메이지들의 위신을 세워주는 데 그만한 옵션은 없지."

"연공금을?!"

"보호비의 고상한 표현이지!"

이후, 돌은 메이지들을 돈으로 고용해 부리는 일이 여간 어려운 게 아님을 장황하게 설명했다.

보호비 명목으로 매년 연공금을 지불한다면, 메이지들이 트레비 마을을 보호하는 것은 자신들의 재산을 지키기 위한 게 되므로 고용주의 됨됨이를 따질 이유가 없게 된다는 것이다.

촌장 존드와의 개인 거래가 아닌 마을이라는 집단과 고용 계약을 하겠다는 말을 존드가 못 알아들을 리 없다.

"자네가 나를 까칠하게 대하는 만큼 나도 자유인 존드가 까칠한 대상이라네!"

"끙."

"돈보다 명분이 확실해야 메이지를 부릴 수 있는 것이야!"

"가만, 가만. 그 틈에 자네도 한 다리 걸치시겠다?"

여전히 사기꾼인 돌에게 골드 단위의 고용비를 지불하려니 억울한 존드다.

"왜? 안 되나? 그럼 자네가 나서서 메이지들을 모아봐! 우리 마을이 이만한 부자라고 소리 높여 외쳐 보게. 아마 나라에서 마법병단이라도 보내줄걸? 그리고 자네 목이 왕도 광장에 높다랗게 걸리겠지. 국법을 기만하고 이… 읍, 퉤퉤."

"자네! 어디까지 알고 있는가?"

돌의 입을 급히 막은 존드의 눈이 살기로 반질반질하다.

술이 확 달아났는지 화색이 돌던 얼굴색도 굳은 채 창백하다.

돌은 존드의 손을 뿌리치고 목소리를 은근히 깔았다.

"오지 개척촌에서 한 달에 기천 골드씩이나 되는 비용을 부담할 정도면 뻔한 것 아닌가. 장사 한두 번 하는 것도 아니면서 쫄·기·는."

"젠장, 이제 보니 접시 장수(사기꾼)가 아니고, 순 공갈배 아냐?"

"허허, 내가 그랬지? 착하게 살라고. 그래도 짜릿하면서도 중요한 기반 아닌가. 자, 이제 할 텐가, 말텐가?"

생각하고 자시고 할 것도 없는 존드다.

이미 오우거 동굴에 들어가 있는 상태이지 않은가.

그렇지만 흥분도 잠시, 한 마을의 수장답게 판단은 빨랐다.

"썩을 놈! 다 알고 접근했어. 시팔, 추진해 줘. 하지만 이 이상은 안 돼! 더 이상 요구하면 마을을 해체하고 딴 곳에 판을 벌일 테니 그렇게 알아."

"좋아! 계약이 성사된 의미에서 건배!"

"빌어먹을! 그래, 건배다, 건배!"

건배를 외치는 도로안의 눈이 잠시 잠깐 서늘해졌다.

'후후, 오크가 동진을 한다? 너무 이르지 싶은데……. 뭐, 겸사겸사지! 그 사정도 알아보고 돈도 벌고, 트레비 마을은 정상적으로……. 하하!'

『세븐 메이지』 2권에 계속…

미숙한 신이 있었다.

신은 생명을 만드는 재미에 푹 빠졌다.

신은 온갖 생명을 다 만든 후, 자신과 통하는 지성체를 만들기로 했다.

드워프에 더욱 고무된 신은 이번 창조 재료로 자신의 뇌수를 택했다.

기대대로 뇌수에서 걸작이 태어났다.

이들은 스스로를 엘프라 칭했다.

미의 종족, 엘프.

외모며, 지능이며, 내면세계며, 흠잡을 것이 없었다.

생명의 동산을 사랑하고 가꾸려는 성품마저도 자신과 닮았다. 생명의 동산을 맡길 만했다.

그런데 신보다 생명의 동산의 제일 첫 나무인 세계수를 더 숭배했다.

엘프들은 세계수에서 자신들이 태어났다고 믿기까지 했다.

세계수에 가득 담긴 넘치는 신의 기운 때문이리라.

신은 백번 이해했다.

여튼 엘프를 만든 후, 미숙한 신은 오래간만에 잠에 들었다.

【유사 세계의 메이지】

워 메이지(전투 마법사:War Mage).

:청색 로브로 대별되는, 말 그대로 쟁투가 전문인 군인이다.

기사 같은 체력, 부동의 정신력, 무빙 캐스팅, 마나테 꼬기 등 전투에 특화된 기예를 익힌 마법사들. 뛰어난 무예가이기도 하다. 극소수이면서 메이지 사회에서의 발언력이 가장 크다.

라이프 메이지(생명술사:Life Mage).

:백색 로브로 대별되며, 의료 분야에 종사하는 마법사들을 총칭한다. 3써클에 래피드 힐링을 3차례 연속 성공하면 백색 로브가 주어진다.

현재는 라이프 메이지에도 분야가 나뉘어지는 추세로, 크게 환자를 직접 돌보는 메디칼 메이지(의료술사:Medical Mage)와 새로운 치료술과 약물을 연구하는 클리니칼 메이지(임상술사:Clinical Mage)로 나뉘는 중.

수는 전자가 절대적으로 많다.

시료 채집꾼(채집하는 사람:Gatherer).

:녹색 로브를 걸치고 채집 여행을 전문으로 하는 마법사. 메이지 사회에서 최하 계급으로, 전문 메이지들을 보조하는 하인 역할을 한다.

대부분이 1, 2써클 내외로 가장 많은 수가 활동 중이며, 라이프 메이지의 전 단계로, 은퇴하면 주로 약제사(Druggist)로 한 지역에 정착한다.

일반인들이 가장 많이 접하는 메이지들이다. 녹색 로브에서 벗어나지 못했다는 자괴감으로 횡포가 심하다.

메이지 사회에서 이재를 대단히 밝히는 분류로, '숨은 부자' 소리를 듣는다.

골렘 메이지(인형술사:Golem Mage).

:특별히 대별되는 로브 색은 없다. 마법진을 이용해 무생명에 생명을 부여하는 마법사들이다.

과거 골렘을 앞세우고 전투도 했지만, 현재는 건축, 토목에서 없어서는 안 되는 존재가 되었다. 신대륙에서는 그 수가 턱없이 부족한 마법사들.

골렘은 머드, 우드, 스톤, 메탈 골렘 순이다.

알케미 메이지 또는 알케미스트(연금술사:Alchemist).

:황색의 로브를 걸친다. 마법 도구를 만드는 메이지들로, 재료

에 대한 의존도가 높지만, 메이지 사회에서 장인으로 존경과 우대를 받고 있다. 광물을 잘 다루어 메탈 메이지라고도 한다.

휘하에 시료 채집꾼과 드워프 장인들을 많이 부리고 있다.

입소문을 통해 아는 분은 다 알고 계십니다!
올 한해 공인중개사 최고의 화제작!

1~2권 합본 | 이용훈 지음
3~4권 합본 | 이용훈 지음
5~6권 합본 | 이용훈 지음
용어 해설 | 이용훈 지음
1~2차 문제풀이집 | 이용훈 지음

수험생 기본 필독서
만화 공인중개사

제목 : 만화공인중개사 쓰신 분에게 감사드립니다.

학원을 두달 다녔어요. 근데 과연 그 숫자 외우기 그렇게 몇 문제나 나올까 생각을 했어요.
아니라는 생각이 드네요. 학원강의를 뒤로 하고 서점을 갔어요. 내 머리에 가장 이해될 수 있는
책이 없나 하구요. 거기서 만화를 발견했어요. 무조건 세번 봤어요. 3개월 걸렸어요. 문제 집을
보라고 했는데 그건 시행을 못했어요. 근데 합격을 했네요.

어떻게 감사의 말을 해야 될지…

도서관에서 만화책 들고 다니니까 사람들이 비웃더라구요. 만화책으로 공인중개사를 공부한
다고 미친사람처럼 보더라구요. 근데 그거 다 감수하고 했던 내가 자랑스럽습니다.

어떻게 감사의 말을 해야 할지 정말 감사합니다.

부디 행복하세요. 제 나이 41살에 좋은 스승을 만난 거 같습니다.

엎드려 감사드립니다.

—본사 홈페이지에 독자분이 올린 메일 中 에서 발췌—

잘나가고 싶은 사람은 읽어라!

그에게 한눈에 반했다! 그것은 분위기 탓?
애인과 나란히 걸어갈 때 당신은 좌, 우 어느 쪽에 서는가?
이성은 왜 서로 끌리는 걸까? 그 심층 심리를 해명한다!

30초의
심리학

■ **30초의 심리학**
아사노 하치로우 지음 / 계일 옮김 | 값 8,500원

처음 본 사람인데 와 닿는 느낌이
너무나도 강렬한 사람이 있다.
흔히 하는 말로 '필이 꽂힌 사람',
그래서 잊혀지지 않는 사람,
한눈에 반했다고 하는 것이 바로 그것이다.
이런 인간의 감정을 논하는 데
남녀의 구분이 있을 수 없다.
사랑하는 그, 혹은 그녀를
생각하는 것만으로도 가슴이 두근거린다.
이상할 것 없다. 당연히 그럴 수 있는 것이다.
그렇기에 인간을 감정의 동물이라 하지 않는가.
그러나 그렇게 좋아하는 그 사람이
어느 날 갑자기 싫어지는 경우는 왜일까?

Psychology